VICTORY NOVELS

逆襲の自衛隊

❷日本領土奪還!

遙 士伸

電波社

この作品はフィクションであり、登場する国家、団体、人物などは、
現実の国家、団体、人物とは一切関係ありません。

もくじ

逆襲の自衛隊(2)
日本領土奪還!

第一章　米中激突

二〇二八年三月四日　嘉手納

重機のうなりは、ほぼほぼ止んでいた。取って代わったのは、航空エンジンの轟音である。

整地、舗装しなおされた滑走路にはグアムや遠くアメリカ本土からも、補給物資を満載した大型輸送機が続々と飛来していたのだった。

空路だけではない。輸送力や輸送コストといった点で、どうしても空路は海路に劣る。

より緊急性の高い物資は空路で、量的な要求の強いものは海路で、極東最大のアメリカ空軍基地・嘉手納に運び込まれていたのだった。

だから、陸路も大変だ。

沖縄で米軍港最大となる、うるま市のホワイトビーチや那覇軍港に陸揚げされた物資を、トラックが数珠つなぎで嘉手納へ運んでいる。

周辺はまさに「戦時」だった。

ミサイル攻撃で倒壊した管制塔や倉庫なども、仮設ながら突貫工事で復旧している。

ここまでわずか十日。

第二次世界大戦で日本軍に見せつけたアメリカ軍の土木建築力は、さらに強大になって、二一世紀でも誇示されたのだった。

さらに、その復旧は目に見えるものばかりではない。

たしかに、ミサイルの命中で破壊された建築物の崩落跡や堆積した瓦礫《がれき》などは、視覚で訴えるためにも甚大な損害を予感させるが、それ以上に問題だったのは、核ＥＭＰ攻撃で機能不全とされた電子機器類だった。

たとえハードが無事でもソフトがいかれていては動かない。なにもかもだ。

しかし、ここでもアメリカ軍の力は凄かった。いや、アメリカという超大国ゆえの国力そのものが、事態を打開したと言うべきか。

実はアメリカ軍にとっては、核ＥＭＰ攻撃を受けたことは想定外ではなかった。

それなりの研究は進んでいたし、ある程度のシミュレーションも積んでいた。

完璧な防御策は現実的にはとれていなかったが、ある程度の策と、もしものときのバックアップ体制が構築されていた。


それをアメリカ軍はフル回転させた。

ソフトウェアの修復や再インストールで済むものはもちろん、時間がかかりそうなものはハードウェアそのものを潔《いさぎよ》く入れかえた。

その種類と数の用意、それを手際よく運び込んで起動、接続する早さは圧巻だった。

さすがに反撃の初動は遅れたものの、中国軍による奇襲のダメージから、アメリカ軍は早々に立ちなおりつつあった。

そして、同じような光景は那覇でも見られていた。

二〇二八年三月四日　那覇

元どおりとはいかないが、悲壮感を胸に横転覚悟で出撃したときとは、様相はがらりと変わっていた。

「さすが米軍だな」

航空自衛隊一等空尉須永春斗《すながはると》はつぶやいた。

那覇の北にあり、アメリカ空軍が使っている嘉手納基地は、ほぼ復旧したとの情報を半信半疑で受けとめた須永だったが、この光景を見ればありうることだと思わずにはいられなくなった。

須永ら、青森の三沢をベースとする第三〇二飛行隊は「有事」に伴って南西へシフトし、中国軍と対峙したが、二日前に那覇に降りたった際は、安全に離着陸もできるかどうかという酷《ひど》い有様だった。

滑走路には亀裂や破孔があり、かろうじて一部区画が使えるのみ。誘導や管制もおぼつかず、前時代的に人が手旗信号で管理する。

そんな有様だった。

それが、今はどうだ。アメリカ軍が入ったにしても、驚くほどの変わりようだった。

滑走路は少なくとも見える限りは完全に修復され、三〇〇〇メートル級のそれが二本とも使用可能な状態に復旧されている。

さすがに倒壊した管制塔や巨大なレーダーアンテナが元どおりというわけではないが、仮設や移動式の装備で緊急避難的に代用できる体制が整えられつつあるということだ。

大小各種の資材と重機は、これでもかというくらいに置いてある。

それらがここ二日、昼夜兼行フル稼働していたのである。

アメリカという国が持つ巨大な財力と工業力を、まざまざと見せつけられた気がした。

八〇年前の太平洋戦争で、日本は圧倒的な国力の差で、アメリカに屈したと言われている。

艦艇や航空機といった正面装備の差以上に、それをバックアップする補給や修理の体制、人員や補助装備、食料、燃料、弾薬——それら無尽蔵とさえいえる供給の前に敗れた。

それは建築、土木分野でも顕著であって、勝敗の分岐点となったソロモン諸島のガダルカナル島における飛行場建設の優劣で、アメリカ軍の勝勢に傾いたというのは、歴史が証明している。

その日米の差は、八〇年以上を経た今、ますます開いているというのが実態のようだった。

他人事ながら、このアメリカに喧嘩を売ろうという中国の動きは、無謀でしかないと須永には思えた。

日米同盟には賛否があるのは理解できる。

日米地位協定をはじめとして、いまだに不平等な協約があったり、ときには理不尽な要求を突きつけられたり、といったことも否定はできないが、日本がなんら後ろ盾のない独立国として、中国やロシアに対抗しようとしたら、どれだけの防衛費が必要となるのか。

間違いなく、今の倍や三倍といったレベルで済むはずがない。

成年の徴兵も必要不可欠となるだろう。しかも、男女ともにだ！

もちろん、今の日米同盟がベストだと言うつもりはない。

対米関係も協調だけではなく、交渉も必要と思う。当のアメリカも地域防衛に日本の責任を問いはじめている以上、盲目的に日本がアメリカに従属する時代は終わった。基地提供の見返りに、守ってもらうという発想も通用しなくなった。と、考えねばならない。

だから、アメリカとうまく付きあっていく必要がある。

駐留したいならば、それは認めても、運用費までは面倒みきれませんよ。日本の防衛そのものを肩代わりしてくれるならば別ですが。……そんな物言いも必要になるだろう。

対中、対露牽制という意味で、アメリカにとっても日本との連携は今後ますます深める必要こそあれど、軽視はありえない。

東アジアの拠点として、日本に駐留したい。駐留させてくれ。なんなら、多少の費用負担も考えようじゃないか。

そうなってくるのではないか。

それが、須永の持論だった。

二〇二八年三月四日　台中

台湾およびその周辺では、侵攻してくる中国軍に対して、台湾軍が激しく抵抗していた。

だが、圧倒的な数的不利の状況で、台湾軍の防衛線は随所で寸断され、中国軍は東へ東へと侵攻を重ねていた。

台湾海峡の航空優勢と海上優勢は完全に中国軍が握っており、五星紅旗を掲げた陸上部隊が台湾海峡を越えて台湾へ続々と上陸している。

航空優勢の争いも、台湾上空の西から東へ移っており、台湾空軍は壊滅の危機に瀕していた。

特に台湾空軍にとっては、保有のないステルス機への対処は難航を極めていた。

（任務とはいえ、こんなところまで来てしまった

か）

中国空軍大尉陳海竜《チンハイロン》は胸中でつぶやいた。

陳が所属する東部戦区空軍第九戦闘旅団の任務は制空である。

よりわかりやすく言えば、立ちふさがろうとする台湾空軍機を蹴散らして、台湾海峡を横断する陸軍部隊を支援することだ。

もちろん、上陸することが目的ではなく、中国軍の目標は台湾島全域の掌握であるため、任務は常に更新、延長されるものと説明は受けていた。

（それにしてもな）

あまりに一方的で急な展開に、陳はかすかな疑問を抱いていた。

楽勝であることは望ましい。死闘となって、血みどろの戦いを強《し》いられるのはご免だ。

ただ、これほどまでに一方的な展開は、蹂躙《じゅうりん》とさえ言えるのではないかと。

そもそも陳は台湾統一という政治的目標を個人的に支持しているわけではなく、台湾人民に悪い感情は持っていない。「同邦」らしき感情すらある。

それを武力でもって、犠牲を強いてまで従わせようとすることに、積極的に賛同はしていない。

仕事だから、命令だから、実行しているまでだ。

「これでは、前半一五分で三対〇。勝負にならないクソ試合のようなものだ」

陳はサッカーに例えて表現した。

第九戦闘旅団はJ－20ステルス大型戦闘機で編成されており、これに対抗できる戦力は台湾空軍にはない。

おまけに、台湾空軍は核ＥＭＰ攻撃による打撃を被っており、体制的にも反撃の力を削がれている。

だから、陳らは台湾海峡の航空優勢獲得から、その範囲を台湾中央域に範囲を拡大して侵出してきているのである。

サッカーならば、完全なミスマッチ、試合が成立しない実力差ということになる。

「これ以上の戦いは無益だ。降伏してくれ。そうすれば、もう俺も戦わなくて済む」

だが、それはあくまで陳の思想であって、中共側の見方にすぎなかった。

台湾に住む者たちには、それ特有の政治思想や信条があった。

中共に取り込まれて自由を奪われるのはご免だ。共産党一党独裁による全体主義思想を押しつけられることは断固拒否する。民主主義は譲れない。

だから、台湾の人たちにとっても、あっさりと跪くことはありえなかった。

白旗など上げずに、最後の最後まで戦う。劣勢ながらも、台湾軍の士気は高く、戦意は旺盛だった。

「ちっ。まだ残党がいたか」

レーダーが敵機らしき機影を捉えた。

日米の空軍に比べて、中国空軍は早期警戒機の支援は薄い。

現在、索敵は自機のレーダーやＩＲＳＴ（ＩnfraredSearchandTracksystem赤外線探知追尾装置）を使って行われている。ステルス性という観点からいえば、レーダー封止が望ましいが、相手が台湾空軍であれば、それほど過敏になる必要はないとの措置でもある。

機種を特定できるまでの情報はないが、台湾空軍の主力を成すＦ－ＣＫ－１雄鷹である可能性が高いだろう。

Ｆ－ＣＫ－１雄鷹とは、アメリカの民間企業の支援を受けて台湾が独自開発した戦闘機である。

小型軽量で世界的なベストセラー戦闘機となったF－5E／FタイガーⅡの発展型といえる戦闘機であって、初飛行は九〇年まで遡《さかのぼ》るが、段階的なアップグレードで現代空戦にも対応できるとされている。

機影はタイガー譲りで、直線的で細長い。

「悪いな。自分が落とされるわけにもいかないのでね」

敵はまだこちらの存在には気づいていない。ステルス機としての特性を生かした先制攻撃のチャンスだ。

そこで、陳のウィングマンを務める楊権《ヨウグオン》少尉機が、つっかかるようにして飛びだしてきた。

DSI（Diverter－less Supersonic Inlet ダイバータレス超音速インレット）式のエアインテーク前部から伸びる大きなカナード翼が見えてくる。

「早く撃墜してしまいましょう」とのアピールだ。

楊は陳とは違って好戦的である。

幼少期はその日どう暮らしていくのか、食うにも困る厳しい環境に置かれていたという。

その生い立ちから、生きのびるためには相手を蹴落とし、排除することが必要だとの切迫した思いが、骨の髄まで染みついているのである。

体中の傷がそうしろとうずくというのが、楊の主張でもある。

（殺意にかられてというのは好ましいとは思えないが、見逃すわけにはいかないからな）

陳は命じた。

「攻撃用意」

旅団各機は分散している。発見した敵は二機。

こちらも二機。攻撃をためらう理由はなかった。

有視界外のBVR（Beyond Visual Range 視程外）戦でかたをつける。J－20のステルス性を活かした一方的な攻撃とする。

手に汗握るドッグファイトと違って、気持ちの高揚はないが、これ以上安全な戦いはない。

アメリカ空軍はこれをファースト・ルック、ファースト・アタック、ファースト・キル――先制発見、先制攻撃、先制撃破と、ステルス戦闘機にとっての空戦の鉄則としているらしい。

戦術画面は航法モードから目標追跡モードに切りかわっている。

目標の存在を示すターゲット・ボックスが、攻撃限界角度を示すASE（Allowable Steering Error）サークル内に入っている。

目標との距離は右側の射程を示すレンジ内である。ちなみにここでレンジ外であれば、その下にAAM（Air to Air Missile 空対空ミサイル）を放てるまでの予測時間が表示されることになる。

目標は定まった。

「ムービアオ、スゥオ・ディン（ターゲット、ロック）」

胴体下部のウェポンベイの扉を開く。

機外に兵装を携行すればステルス性を損なうために、基本的に兵装は機体内へ内蔵する。

これはアメリカ空軍のF－22やF－35とも同じで、全世界のステルス機に共通のことである。

その分、搭載兵装のサイズや数に制限がかかるが、ステルス性確保と天秤にかけて、それは黙認されている。

それもあって、中国空軍ではJ－20を多用途戦闘機ではなく、制空専門の戦闘機として運用しているのである。

航空優勢さえ確保しておけば、その後の対地対艦攻撃は爆撃専門の大型機にでも任せればいい。

「フォン（撃て）！」

「カァイ フゥオ（発射）！」

全長三・九九メートル、直径〇・二九メートル、重量三〇〇キログラムのPL－12MRM（Medium Range Missile中距離空対空ミサイル）を切りはなす。

点火したPL－12はかすかな白煙を残して、突進していく。

PL－12に自律誘導の機能はない。誘導は機側のレーダーで目標を追尾しつつ、その情報をPL－12に送信する必要がある。

目標に向かってレーダー波を照射しつづけねばならないし、激しい機動を行《おこな》うとロックオンが外れてしまう。

そのため、せっかく先制攻撃しながらも、しばらくは目標に向かって飛行して敵に反撃の余地を与えてしまうという、なんとも矛盾した方法を強いられているのは、今後解消していかねばならない点であるのは間違いない。

命中までのカウントダウンが進む。

「一〇、九……三、二」

その瞬間、目標とAAMの反応が同時に消えた。

つまり、狙いどおりにAAMは目標にぶちあたったのである。

BVR戦のため、撃墜の様子を肉眼で確認することは叶わないが、今ごろ粉微塵《こなみじん》に爆砕された目標の残骸が、星屑のように空中に散らばっていることだろう。

「目標、撃墜」

楊も滞《とどこお》りなく敵機を排除することができたようだ。

陳は大きく息を吐いた。

ほかに残敵は見あたらない。

航空優勢のエリアを拡大でき、そろそろ任務も完了かと思ったのだが……。

「なんだと!?」

突然の警報音に、陳は跳ねあげられるようにして顎《あご》を上向けた。

リング上で強烈なアッパーカットを食らった。

そんな衝撃だった。

「SAM!?」

警告は敵のレーダー照射とミサイルの接近を告げるものだった。


敵機が存在しない以上、ミサイルは地上から撃ちあげられたSAM（Surface to Air Missile　地対空ミサイル）と考えるのが妥当である。

思わぬ伏兵の登場だった。

現代の戦闘機は被弾を前提として、それに耐えうるように設計はされていない。

AAMだろうとSAMだろうと、被弾すれば即刻墜落は免れない。

けたたましい警告音が危機感を煽る。

敵機に注意が傾いていたのは事実だが、けっして地上からの攻撃があることを忘れていたわけではない。

こうもやすやすと攻撃を許すとは、陳にとっては想定外だったが、これは単なる偶然ではなく、不運が重なったからでもなかった。

これは必然だった。

RCS（Radar Cross Section レーダー反射断面積）という意味で、全方位ステルスを実現しているアメリカのF－22やF－35と違って、J－20のステルス性は限定的だった。

前方向のRCSはたしかにステルス機と呼べるものだったが、後部は無防備に近かった。

そこを敵に衝かれた。

いったんやり過ごしたJ－20を背後からレーダーで捕捉することは、敵にとってはさほど難しいことではなかったのである。

「くそっ」

陳はチャフ――アルミ蒸着ガラス繊維によるパッシブ・デコイをばら撒いた。

レーダーを使ったホーミングミサイルであれば、それで逃れることができるはずだが、SAMはそのまま迫ってくる。

「ならば」

今度はフレアだ。マグネシウムを燃焼させて囮の熱源とするアクティブ・デコイである。赤外線シーカーのミサイルならば、これで幻惑できる。

しかし、警報は鳴りやまなかった。

SAMは変わらず追ってくる。

効果が乏しいのか、あるいはまったく別の誘導方式のミサイルなのか。

速度差は歴然としているはずだ。直線的に逃げようとすれば、すぐに追いつかれてお陀仏だ。

「このお！」

陳は急旋回を繰りかえした。

誤爆させることができないならば、失探させるしかない。

幸い、J－20の運動性能は優秀だ。

ステルス機を目指しながら、そのステルス性の低下をしのんでまで装備したカナード翼は、トリッキーな動きを可能とする。

鋭角的な動きで右に左に翼を振りまわしたと思えば、今度は機首を大きく跳ねあげたまま空中を移動する。

旧ソ連が開発したスホーイSu－27フランカーが初めて可能とした機動である。蛇が鎌首をもたげて動くのに例えられ、コブラウォークと呼ばれている。

全長二〇・三メートル、全幅一二・八八メートルと、F－22と比べてひと回りほど大柄な機体が、巨大な空気の壁をつくって制動する。

カナード翼のほかに、主翼前縁を延長したLERX（Leading Edge Root Extension）が渦状の気流を生じさせて、大仰角時の機体を安定させるのもJ－20の特徴である。

縦横比の大きいスリムな機影は、振りあげた斬《ざん》馬《ば》刀《とう》を思わせた。北方騎馬民族との戦いで重用されたと言われる長柄の刀である。

しかし……。

「振りきれない!?」

陣がアクロバティックな機動を繰りかえし見せたにも関わらず、SAMは執拗に追ってきた。

（駄目か……鶴潤《ホールン》）

恋人——劉《リウ》鶴潤の顔が瞼の裏をかすめた。歯並びの良い純白の歯、艶のある肌。それを見ることは、もう叶わない。それに触れることはもう二度とないのか。

「しっかりしなさいよ！」

失望して諦めかけたところで、恋人の声が聞こえたような気がした。

ありえないことだが、胸の奥底に根づいていた劉の、心の叫びだったのかもしれない。

（そうだな。俺はまだ死ねない。劉のためにも、俺はここで死ぬわけにはいかないのだ！）

地上でなにかが光って見えた。

その手があったかと、陳は機体を裏返しにした。ラダーを利かせ、操縦桿を引きつける。

上下対照の機首が折れまがるように下を向きDSI式のエアイントレッドが下向きに大気を飲み込む。

J－20は急角度で急降下に転じた。感覚的にはほとんど垂直降下のようだったが、不思議と恐怖感はなかった。

大気との摩擦熱で機体の表面温度が高まり、その警告がSAMの警告に重なった。

高度を示すデジタル数字は加速度的に小さくなっていく。

「ラ・チィ（プルアップ）」と、地上との激突回避を促す警告もさらに重なっていく。

眼下に広がる大地。風圧も直に感じられるほどだ。

陳は歯を食いしばり、両目をまばたきひとつ入れずに見開いた。

「ここ、だ……！」

限界いっぱいで、いや限界を超えていたが、縦横比の大きいスリムな機体が、舐めるようにして地表をかすめた。

合成風が樹木をなぎ払い、葉や小枝が風防やデルタ翼を叩いた。

強烈なGに気を失いかけたが、愛する劉への思いで、陳は耐えた。耐えきった。

地表をかすめる寸前で、擬装した車両からばらばらと敵兵が逃げだすのが見えたような気もしたが、コンマ数秒でそれは視界外へ吹きとんだ。

すぐに閃光が下から突きあがり、しばらくして盛大な爆発音が大地を震わせた。

陳機を追っていたＳＡＭはあろうことか、移動式の発射台へと戻って激突、それもろとも爆発、四散したのだった。

見おろすと、炎の塊が森林を焼いているのが目に入った。

あのなかにいなくて良かったと、陳は安堵の息を漏らした。九死に一生を得た思いだった。

（それにしても、あれは）

ＳＡＭは単なるレーダーホーミング式のものではなく、敵の発するレーダー波を辿っていくタイプのものだったのかもしれない。

そんなものまで台湾軍は配備していたのか、あるいはアメリカ軍だったのか。

たしかに自分たちは台湾の東側まで踏み込んできた。

自分たち中国軍の猛攻に土俵際まで追い込まれつつある台湾軍を救うため、アメリカ軍が出動したとは聞いている。

そのアメリカ軍がすでに前線にまで入ってきているのだろうか。

中米対決はすでに始まっている！

軍人である限り、もはや逃げることはできないのだと理解する自分がいる一方で、なぜそんな職業に就いてしまったのかと嘆く自分もいる。

それが陳の現状であり、本音だった。

次はさらに危険な目に遭うかもしれない。

台湾軍とは比べものにならない強敵であるアメリカ軍と戦わねばならないときがくる。

そう、中米激突はすでに本格化しつつあった。

それが、さらに鮮明な形で表れている場所は、そう遠くはなかった。

二〇二八年三月四日　フィリピン海

台湾全域の掌握を目的とする中国にとって、周辺の航空優勢と海上優勢の確立が必要であることは言うまでもない。

台湾の東側にはロケット軍が睨みを利かせるとともに、中国海軍の艦隊が進出して、陸上戦力の侵攻支援にあたっていた。

ここ二〇年磨いてきたA2／AD（Anti-Access／Area Denial 接近阻止、領域拒否）戦略を具現化させた行動だった。

端的に言えば、台湾海峡を横断する中国陸軍に対して、アメリカ軍が台湾東岸から上陸して撃退しようとする動きの阻止ということになる。

周到な作戦準備と入念な訓練の成果で、初期の作戦目的は達成したかに見える。

アメリカ軍の初動は鈍く、反撃はまだ限定的だった。

「敵の母艦が出てきたらしい。でも船は放っておいていいから、艦載機が出てきたら落とせってさ」

中国海軍東部戦区第一九航空連隊に所属する張《チャン》玉垣《ユーヘン》中尉らは、空母『福建』に足を下ろして台湾東岸に進出していた。

任務は一帯の航空優勢の獲得である。

台湾の北方には攻撃型潜水艦や空軍が濃密に展開しているため、さすがのアメリカ軍も強行突破しようとすれば、かなりの出血を覚悟せねばならない。

よって、迂回して東岸から反撃しようとしてくることが予想される。

それを妨害する役割が、張らには期待されているのだ。

「空母が相手ならば、かなりの数の艦載機が出てくるのでしょうね」

「いや」

自分のウィングマンである林翔《リンシャン》少尉に、張は答えた。

「ワスプ級と言っていたから、海軍の空母ではなく、海兵隊の揚陸艦だね。だから、数は空母の半数くらいになるはずだよ」

「それはいいですけど。たしか」

林は重要な点に気づいていた。

「海兵隊ならばF－35ですね。空母ならばF／A－18だったものを」

「そのとおりだよ」

「いいところに気づくね」と、張は軽くうなった。

そう、海兵隊が相手となると、出てくるのは第五世代機のステルス戦闘機F－35BライトニングⅡとなる。

どちらが戦いやすいかなど、言うまでもない。

数が半分になったとしても、F－35のほうが強敵である。

ステルス機と非ステルス機、言いかえれば第五世代機と第四世代機との差は、それだけ隔絶したものがある。

中国海軍でもJ－35とJ－15との模擬空戦で比較したことがあるが、一対一の空対空戦闘ではJ－35の三〇戦全勝。J－35一機に対して、J－15一〇機であたっても撃墜できず、すべて返り討ちに遭ったという惨憺《さんたん》たる試験結果もある。

（ただし）

もう一点、空戦を左右する重要な要素があることを、張は見ぬいていた。

早期警戒機の存在である。

『福建』は中国海軍で三隻めの空母であって、CATOBAR（Catapult Assisted Take Off But Arrested Recoveryカタパルト発進拘束着陸）式の本格的な空母である。

STOBAL（Short Take Off But Arrested Recovery短距離離陸拘束着陸）式空母の『遼寧』『山東』では叶わなかったAEW（Airborne Early Warning 早期警戒機）の運用能力を持つ。

これはアメリカ空母との対決では必要不可欠な条件とされていた。

現代空戦において、早期警戒機の価値は非常に高い。

敵を早期発見して、脅威度の判定を行う。適切な戦力配置と目標選定を実施し、先制攻撃を敢行する。

そこまでいけば、空戦勝利はぐっと手繰りよせられることになる。

しかし、敵に空母がいないとなれば話は別だ。

強襲揚陸艦では早期警戒機は運用できない。

ここは大きなアドバンテージになるはずだ。

「まあ、相手が日本でないというのは、なによりでした」

「ああ、まったくだね」

林の言葉に、張は即座に同意した。

二人の中性的で整ったソフトな顔が、柔和にほころぶ。

日本のアニメをこよなく愛する二人にとっては、

やはり日本を敵として戦うのに抵抗感を覚えることは否定できない。

もちろん、生きるか死ぬかとなれば戦うしかないのだが、可能であれば避けられるにこしたことはない。

アメリカ軍が相手ならば、そこに気を遣う必要はなく、全力で戦える。

「新作を見逃すわけにはいきませんからね」

「そうだね。戦争など、早期解決に限るよね」

『福建』を発艦した二人らのJ－35戦闘機は、計八機で夜間の哨戒飛行に入った。

昼間は敵との接触はなかった。

人工衛星からの情報で、佐世保を出港した敵の母艦は、沖縄の東側を通過して南下していたことがわかっている。

もう近くまで来ているはずだ。

いつ会敵となってもおかしくない緊張感が、張らを絞めつけた。

辺りは一面闇に包まれており、たとえ敵が現れても肉眼でそれを捉えるのはまず不可能だろう。

正面の液晶画面は暗視モードに切りかわっているが、なんら映るものはない。

ややもすれば、機器の故障を疑いたくなるほどだ。

敵はステルス機だから、見つけるのはなおのこと困難が伴うに違いない。

ただ、それは敵にしても同じことだ。

J－35はJ－20に続いて、中国空軍が開発した二代めのステルス機J－31の艦載機型である。

単座の小型機でありながら双発である点は、エンジントラブル発生時のリカバリーに適している。

機体がJ－20より小さいことに加えて、カナード翼や垂直尾翼下部のベントラル・フィンの廃止など、ステルス性をさらに追求していることから、敵としても、そうそう簡単に見つけられるはずがない。

警戒しながらの飛行は、疲労感を高める。

訓練の倍も三倍も神経をすり減らされ、体力を削られる印象がある。

張は意識的にまばたきを繰りかえし、首を小刻みに上下左右に振った。

自分に刺激を与えて、正常な思考を保っておく。

J－35は問題なく飛行を続けている。

全体的にはアメリカ軍のF－35に似た機影だが、それよりも薄く、長く、双発である点が決定的に異なる。

大型で固定式の双垂直尾翼が風を切る。

（互いに相手を発見できなかった場合は……カオスとなるのか？）

敵味方入り乱れての遭遇戦。

テンポの遅い航空黎明期の空戦ならばまだしも、超音速で行きかい、高度な電子機器が揃った現代の航空戦にあてはめたら、それでなにが起きるのか。

想像したくもなかった。

変化は唐突にやってきた。

閃光が闇を引きさき、爆発のものらしき異音が夜気を震わせた。

炎塊が現れたのは一瞬だけで、それは無数の火の粉に取って代わられたが、それもすぐに闇夜に飲み込まれていく。

なにが起きたのかは明らかだ。

僚機が被弾して粉微塵に砕けちったのだ。

さらにもう一機が同じ運命を辿る。

橙色の炎と化し、わずかに夜空を焦がして消える。

（不意打ちか）

張は唇をへの字にゆがめた。

状況から、敵のＡＡＭが向かってきたと考えるのが自然だが、捜索機器に敵機の反応はない。

完璧かどうかはともかく、敵はこちらを捕まえたが、こちらは敵を捕まえそこねた。

残念なことだが、ステルス性は敵機のほうが優秀なようだ。

二〇〇〇年代以降に、中国軍の装備は急加速して近代化と洗練度が進んだが、まだ西側の装備には一歩およばないらしい。

残念だが、ＡＥＷも無力だったらしい。

（まあ、あれだけ凄いアニメーションを見せるのだから、納得といえば納得だけど）

ただ、その差は張や楊を絶望視させるほどのものではなかった。

撃墜されたのは二機にとどまり、ほどなくしてＩＲＳＴが、かすかだが敵機らしき兆候を捉えた。

「いた！」

思わず張は叫んだ。

ステルス性とひと言で言っても、その意味の大半は対レーダー・ステルスを指す。

レーダーはいまだに敵機を認識できていないが、赤外線放射、つまり熱反応がそれを示している。

（頭隠して尻隠さずというのは、このことだ）

敵のＦ－35はあらゆる点でステルス性を付与されていると聞いてはいたが、対レーダー・ステルスと比較して、対赤外線放射ステルスは弱いとみていいようだ。

このとき、運も張に味方していた。

正対していれば、Ｊ－35のＩＲＳＴはまだＦ－35を捕捉できていなかったかもしれない。だが、相対位置が側面からやや後ろだったために、エンジン後部という発熱部が、張に暴露された格好になっていた。

悪天候に邪魔されていなかったことも大きい。

(手も足も出ない相手ではない)

「ヅゥオ（やるぞ）！」

「チーダオラ（了解）」

張と林はここで反撃に転じた。

張はスロットルを開いた。

排気ノズルが目を見開くがごとく拡がり、全長一七・三メートル、全幅一一・五メートルの機体が、風を切りさいて加速した。

目標との距離を示すデジタル数字が、みるみるうちに小さくなっていく。

戦況に満足していないという意味では、中国軍だけではなくアメリカ軍も一緒だった。


「『敵のステルス機など張子の虎』『敵の第五世代機は欠陥品ばかりだ』などとぬかしていたのは、どこのどいつだ！」

アメリカ海兵隊第一二一海兵戦闘攻撃飛行隊（VMFA－121Green Knights）に所属するジェイソン・テイラー大尉は悪態をついた。

毛深い全身の赤毛が、怒気に逆立つ。

ファースト・ルック、ファースト・シュート、ファースト・キル――先制発見、先制攻撃、先制撃破というステルス機の空戦の鉄則は守れた。

ただし、それで撃墜できたのは二機にとどまる。

長距離哨戒やCAP（Combat Air Patrol　戦闘空中哨戒）機のペアを首尾よく見つけられたと思ったのも束の間、敵機は一機、また一機と新たに出現した。

つまり、自分たちの索敵は不完全であって、戦闘空域に入り込んでいる敵機を残らずあぶりだすことはできていなかったということだ。

すなわち、敵機にはかなりのステルス性が備わっている。

アメリカ軍の見立ては楽観的にすぎ、甘かったということになる。

そんな誤った見とおしで最前線に送られてはたまらない。

テイラーだけではなく、この空域にいる仲間全員がそう思ったに違いない。

ウィングマンとして控えるデレク・ビットナー中尉はいつものごとく無言だが……。

敵も素人ではない。すぐさま反撃態勢に入り、乱戦模様となりつつある。

「セオリー無視の作戦だからこうなる！」

テイラーの怒りの矛先は、作戦を立案した上層部に向かった。

アメリカ軍の航空作戦、特に初手においてはAWACS（Airborne Warning and Control System 早期警戒管制機）が必要不可欠のはずだった。

今も昔も、戦にもっとも重要なのが情報であることに変わりはない。

いくら大兵力があっても、敵がいないところに投入していては、戦果は得られない。

いくら強力な兵器があっても、適切な場所と時間に使わねば、満足した戦果は得られない。

それが今回、不参加のまま作戦が強行された問題点が露呈した。

索敵能力の不足で、十分な先手をとれなかった。

敵情不明のまま自分たちは危険空域に飛び込ま

せられ、敵の反撃を浴びつつある。

これでは旧日本軍のバンザイ・アタックやカミカゼ攻撃と同じだろうがと、テイラーは怒っていた。

頭にくるのは、こうした無知無謀な作戦を立てた者、実行させた者は、なんら痛みを被ることなく、失敗を押しつけられて命の危険に晒されるのは、自分たち最前線で働く者ばかりだということだ。さらにだ。

「海軍も腑抜けの集まりなのか！」

テイラーの怒りは、海軍にも向いていた。

大統領と政府が「中共の台湾侵攻は黙認しない」「たとえ軍事衝突してでも、一方的な武力行使による併合は阻止する」と方針を示して、議会も承認したにも関わらず、海軍の空母はおよび腰でグアム方面に離れたままだ。

もちろん、理由はある。

射程一五〇〇キロメートルの空母キラーと呼ばれる弾道ミサイルＤＦ－21Ｄ（東風21）の存在である。

これだけの長射程ミサイルがあると、おいそれと大陸どころか台湾にすら近づけなくなる。

しかし、だからといって、そのままでいいのか。

「海軍の空母は駄目だが、うちの艦はいいと言うのかよ！」

テイラーは毒づいたが、海兵隊も陸上からの支援を受けられる範囲にとどまり、離れた海域に安易に踏み込める状況にはなかったのである。

Ｆ－35とＪ－35の空戦は続いた。

ステルス機対ステルス機の空戦は特異なものだった。

「やったか！」

「いや、まだだ。誤爆だ」

途切れ途切れながらも、目標の反応は残っている。

WVR（Within Visual Range　視程内）戦に入っているので、使用するAAMは射程は短いが運動性能に優れるAIM－9Xサイドワインダーを選択している。

しかし、それがなかなかうまくいかない。

目標の動きに追随できないというよりも、途中で失探して追いきれなくなっているという印象である。

敵AAMのシーカーに捕捉されたという警告音が時々入ってくるのにも、苛立ちを募らせられる。

けっして、負けているわけではないが、押しきれない。

そんなもどかしさを否定できなかった。

「このパクリ野郎が！」

すれ違いざまに、J－35の機影がおぼろげながら目に入った。

逆ハの字に開いた双垂直尾翼、突きだしたエアインテーク先端、上下を分割して組みあわせたような菱形断面の機首……テイラーの目にはJ－35はF－35を真似た機としか見えなかった。

近年は中国独自の要求や技術確立もあって、ロシアや西側の模倣ではない、中国独自色の濃い兵器も増えていたが、テイラーにとってはコピー大国という中国への強い思い込みは変わることがなかったのだった。

一方、張玉垣《チャンユーヘン》中尉と林翔《リンシャン》少尉ら中国側からみても、消化不良の空戦であることに変化はなかった。

敵がいるのはわかっている。それなのに……。

「摑まえきれない」

これも一緒だった。

レーダーにしてもＩＲＳＴにしても、けっして探知できないわけではないのだが、反応が弱い。ディスプレイ上では明滅し、いわば完璧には捉えきれていないのだ。

（これがステルス機の実力か）

張は眉間を狭めた。

戦術画面上でＳＲＭ（Ｓｈｏｒｔ　Ｒａｎｇｅ　Ｍｉｓｓｉｌｅ短距離空対空ミサイル）のシーカーボックスに目標を重ねていく。

シーカーが目標を捕捉したというオーラル・トーンを聞いてＳＲＭ発射となるのだが、それがなかなかうまくいかない。

目標をようやく追いつめたと思っても、なかなかロックオンできない。ようやくロックオンしてＳＲＭを放っても、ロックオンが外れて命中に至らない。

今、またＳＲＭがウェポンベイを離れて突進していく。全長二・九九メートル、直径〇・一六メートルのＰＬ－９である。シーカーは赤外線誘導方式で、五キロメートル先の目標まで狙うことができる。

点火した炎の赤い光を反射して、開いたウェポンベイの扉がかすかに浮きでるが、それもすぐに闇に溶け込んでいく。

Ｊ－35もまた、そうそう簡単に敵の次撃を許してはいないようだ。

これが第四世代機だったら、とっくにＡＡＭの直撃を食らって、機体もろともあの世に送られていたかもしれない。

だが、自分はまだとりあえず現世にいる。

（頼む。当たってくれ）

今度こそと願いを込めて、張はＰＬ－９の行方を追った。

マッハ二超の速度で、ＰＬ－９は目標へ向かって突きすすむ。

右へ左へと逃れようとする目標を追いつめる。

命中までのカウントダウンが進む。

今度は確実に摑まえた。逃すはずがない。

「……六、五、四」

そこで、唐突に炎が拡がった。閃光が四方八方に伸び、黒煙が湧いた。

「やった！」

林の歓喜の声がレシーバーから飛び込む。が、張は事の真相を悟っていた。

「いや、違う。こんなところで」

張は唇を嚙んだ。

わずかながら残っていた目標の反応を、張は見逃していなかった。

炎は被弾した目標のものではない。命中直前で目標が放ったフレアに幻惑されて、ＰＬ－９が誤爆したのだ。

「残弾ゼロ、か」

張は憮然とした表情で、兵装の表示を見つめた。

米中の空戦はこうして互いに決定打を得られぬまま、いったん幕を閉じた。

一部予想もされていたことだったが、ステルス機どうしの編隊空戦は、米中双方に課題をつきつける結果となった。

一進一退ではあったが、米中激突は次第に、そして確実に、エスカレートしつつあった。

中国軍と米台軍との戦火は、ますます激しく燃えあがっていったのである。

航空優勢争いが混沌としつつも、そこですくんで足が止まるアメリカ軍ではなかった。

台湾海峡を横断しての中国軍の上陸は続いており、防戦一方の台湾軍には目に見える形での支援が必要だった。

さもなければ、台湾軍は雪崩をうって敗走し、早々に台湾は陥落しかねない。

アメリカ政府と軍には、そうした悲観的な見方も広がっていた。

だから、現状で動かせるものをただ遊ばせておくわけにはいかない。

空母は近づけられなくても、戦闘艦艇だけでもさし向ける。

台湾周辺で中国艦隊を自由に動かせないようにするのも、戦況を有利に傾ける要因のひとつとなりうる。

第二次大戦終結から八〇余年。もはや二度と起こらないであろうと言われていた艦隊決戦が、台湾東方沖で生起しようとしていた。

「エアカバーのない状態で向かってくるなど、敵もかなり苦しいのだろうな」

昆明級駆逐艦の二五番艦『麗水』航海長王振《ワンジョー》麟《リン》少佐は、一定の手応えを得ていた。

台湾侵攻にあたっての中国軍の懸念材料は、なんといってもアメリカ軍の介入である。

世界最強のアメリカ軍を相手に有利に戦いを進めるには、奇手奇策を含めた相当の戦略、戦術的な工夫が必要となる。

将兵一人一人の決死の覚悟と勇気、奮闘も必要になるのは言うまでもない。

それが、今のところは綻びもなく、進んでいるように見える。

エアカバーのない艦隊というのは自分たちも一

緒だが、圧倒的な敵航空戦力の前に、母港から一歩も出られないまま潰される、という最悪のシナリオもあったなかで考えれば悪くない。

あとは敵もなにか秘策を用意しているかどうかだ。

こちらは空母を下がらせて、水上戦闘艦のみが一二隻。確認できている敵水上艦は一〇隻。戦力的にはほぼ同等と考えていいはずだ。

「まさか、敵が消耗戦を挑んでくるとは思えませんが」

航海士姚明《ヤオミン》中尉が首をひねった。王の直接の部下であり、優秀な若手士官である。

普通に考えれば。攻撃手段は射程の長いSSM（Surface to Surface Missile　艦対艦ミサイル）となる。

しかし、SSMを放っても、敵はSAMでそれを撃ちおとそうとするだろう。逆もしかり。

そうなると、命中精度、迎撃精度の問題となるが、それも似たり寄ったりであれば、結局は数任せとしかならない。

それも同等であれば、いつまでも勝負はつかないことになる。

「勝機があると考えているからこそ、敵は来る。どんな策謀が隠されているか」

「なに。開けてびっくり。火だるま、総崩れ、となったら、そのときはそのときさ」

艦と運命をともにする。

（この人ならば本気でそう思っているかもしれない）

平然と放つ。その表情が冗談ではなく本気だということを表している。

目の前の航海長は国や軍への忠誠心が高く、命令には絶対忠実な古き良き軍人である。

そこに個人の感情や政治的信条が口を挟む余地はない。たとえ望まぬ結果や理不尽な展開になろうとも、それが運命と考えるような人だ。

今時珍しいほどの堅物なのである。もう少し自分のことや艦のことを優先に考えてもいいのではないかと思う自分は、やはり半人前なのだろうかと、姚は思った。

「さあ、始まるぞ」

艦内の戦闘指揮所と違って、航海艦橋からは艦や艦隊の一部始終を肉眼で観察できる。

艦隊は対艦攻撃を開始した。

北東を仰いだ発射筒の開けはなたれたＶＬＳ（Ｖｅｒｔｉｃａｌ Ｌａｕｎｃｈ Ｓｙｓｔｅｍ 垂直発射機構）の格納筒から、ＳＳＭが勢いよく飛びだしていく。

やや旧式のＹＪ－83は射程距離一八〇キロメートルと物足りないが、ＹＪ－12Ａは四〇〇キロメートル、最新型のＹＪ－18Ａは五四〇キロメートル彼方の目標を攻撃でき、この点では敵を凌駕していると考えられている。

ミサイル戦は中国艦隊が先手を取った。

だが、それで終わるとは王も思っていない。

敵の対空火力は侮れない。かつ、敵もＳＳＭ攻撃を返してくることだろう。それを自分たちもＳＡＭで撃ちおとす。

互いに深刻といえる損害はないはずだ。

問題はその後にどうするか、なにが起きるか、だ。

王が予測したように、ＳＳＭとＳＡＭの応酬が続いた。

降りそそぐ敵のＳＳＭに向かって、防空のＳＡＭを突きあげる。

夜明け前の暗い空に、赤や黄色の光が狂喜乱舞する。

結局、敵味方ともどちらが有利という結果を得られない。

弾庫が空になるミサイル戦は、徒労に終わるだけに思えたのだが……。


過去の戦艦や巡洋戦艦の巨砲に比べれば、一回りどころか、二回りも三回りも小さい砲だった。

なにせ、砲の口径だけならば、豆鉄砲などと揶揄されていた第二次大戦の駆逐艦と変わらない。

しかも、連装や三連装といった多連装砲塔が主流だった当時と違って、単装砲はぱっと見には迫力に乏しい。

だが、兵器開発の長い歴史のなかで、こう行きついているのは、たしかな理由があるからだ。

速射性能、射程、威力、いずれも当時の同口径砲とは比較にならない革新された砲だからこその出で立ちだった。

「さあ、漢人ども。腰を抜かすなよ」

DDG（Guided Missile Destroyer ミサイル駆逐艦）『みょうこう』艦長網内勇征《あみうちゆうと》一等海佐は、ほくそ笑んだ。

『みょうこう』ら海上自衛隊の水上艦隊が無策だったわけではない。

『みょうこう』の前甲板で七メートル弱の細長い砲身が、鋭く仰角を上げていた。

「主砲、射撃用意！」

網内は高らかに命じた。

『みょうこう』の主砲は、イタリア・オト・メララ製の五四口径一二七ミリ速射砲である。

目標指示から発射までが五秒と極めて短く、毎分四〇発と発射速度も速い。各種砲弾の再装塡や発射管制が射撃指揮装置のコンソールから一名で可能と省人化されているのも特徴である。砲身の俯仰可動域もマイナス15度からプラス八五度までと極めて広い。

ただ、ここで重要なのは砲だけではなく、砲弾や周辺装備も日進月歩してきたということだ。

第二次大戦時は徹甲弾か榴弾か、せいぜいそんな種類しかなかったが、科学技術の進化は砲弾の活用範囲を新たな次元に引きあげた。

「超水平線射撃を浴びるがいい」

ここで、測的の進化にも触れねばならない。

いくら砲や砲弾が進化して、遠距離へ届くようにしても、目標を捕捉できていなければ意味がない。

地球は丸い。だから、遠距離にある目標は水平線の下に隠れることになる。

だから、過去の戦闘艦艇は、より遠くを見渡せるようにと、観測所を上へ上へと昇らせ、巨大な檣楼を艦上に据えるようになった。

しかし、第二次大戦時の戦艦でも、それは三万メートル強というものだった。

また、レーダーにしても、電波は直線的にしか進まないという原理から、水平線以遠の観測は困難だった。

だから、砲撃は水平線以内に限られた攻撃手段という範囲にとどまっていた。

しかし、現代の技術はそれを覆した。

砲弾は大きく重くないものでも、はるかに遠くへ飛ばすことが可能になり、測的手段——現代風に言えばＩＳＲ（Ｉｎｔｅｌｌｉｇｅｎｃｅ，Ｓｕｒｖｅｉｌｌａｎｃｅ ａｎｄ Ｒｅｃｏｎｎａｉｓｓａｎｃｅ 情報・監視・偵察）能力は複数手段によって、段違いの精度が得られるだけではなく、その共有が可能となった。

だからこそ、成りたつ射撃だった。

「みょうこう」らは滑空弾を装備していた。

滑空弾とは発射後に展開する安定翼を持ち、弾道頂点から滑空して射程が延伸する特殊砲弾だった。

無誘導型と誘導型があるが、用いるのは無誘導型である。

誘導型は弾頭にＧＰＳ誘導装置を内蔵することにより、半数必中界二メートルを達成しているものの、一発あたりの単価が一千万円オーバーと現実的ではない。

無誘導型でも安いものではなく、海自の標準装備ではない。

アメリカとの協同作戦に参加したために供与された砲弾である。

砲はイタリア製だが互換性はある。そうでなければ砲の導入が認可されない。

アメリカ軍との装備の共用と共通化は、防衛力の独自性が損なわれる、アメリカ軍への依存が強まることは必ずしもメリットばかりではない、という反対意見も多かったが、少なくともここではおおいに役立った。

もちろん、演習では実施済みのことである。

さすがに、ぶっつけ本番は無理すぎる。

『みょうこう』のほか、『こんごう』『きりしま』『ちょうかい』のこんごう型ＤＤＧ四隻が今回の作戦に参加していた。

それらは持ち前のイージスシステムで防空戦闘にも活躍して存在感を示した。

今度は水上戦闘にも寄与すべく奮闘する。

（おい、大門よ。少しは働けよ。東シナ海で艦載機を飛ばしても、敵艦ひとつ沈められなかった貴様らと違って、俺は働くぜ。見ていろ！）

網内は強烈なライバル意識を抱くDDH（Helicopter Destroyer ヘリコプター搭載護衛艦）『いずも』艦長大門慎之介《だいもんしんのすけ》一等海佐に向けて、胸中で投げかけた。

自分の優位を示す。自尊心を高める。それが網内の生きがいでもあった。

網内は満足げに口端を吊りあげた。

DDGでも旧式の『みょうこう』への着任は正直不満だったが、今自分の指揮する艦は世界最強のアメリカ海軍の艦と堂々砲列を並べて戦っている。

アーレイバーク級のイージス駆逐艦と肩を並べて、『みょうこう』は射撃態勢に入っているのである。

「軍人」としての誉《ほまれ》と言っていいと、網内は高揚感を高めていた。

いつしか闇は遠のき、海上は薄明るくなりつつあった。

網内は芝居がかった様子で、抑揚をつけて命じた。

「撃ちーかたー、はじめ！」

褐色の発砲煙を伴って、鋭い砲声が夜明けの静寂を引きさいた。

駆逐艦『麗水』航海長王振麟《ワンジョーリン》少佐の表情は、唖然としたものだった。

異様な光景で、王には滑稽とさえ思えるものだった。

『麗水』に限らず、味方のありとあらゆる艦が上空に向けて機銃を放っている。

真っ赤な火箭が幾重にも絡んで、狂ったように突きのびているのだ。

陣形は崩れ、相互支援のための密集隊形に近づきつつある。

（弾幕射撃？）

いつの時代の戦いだと言いたくなる。

しかし、敵も考えたものだ。ここで砲撃でくるとは、王もまったく予想していなかった。

ＳＳＭはＳＡＭを使わせるための囮だったとは。

なかなか敵もおもしろいことをする。

「『青島』被弾」

「『深圳』被弾」

被弾した艦が黒煙を引きずり、火炎が朝焼けに同化する。

命中率はけっして高くはないが、被弾すればそれなりに痛めつけられるようだ。あたりどころが悪ければ、大火災を起こして自沈に追い込まれかねない。

（誘導性能はないか、あるいは簡易なもので、精度はいまひとつ、か）

王は思案した。

「艦長……」

戦闘指揮所にいる艦長から、一任をとりつける。

「航海士。面舵二〇。針路〇六〇」

「はっ。（それって）」

航海士姚明《ヤオミン》中尉は躊躇した。

王が命じたのは、僚艦と僚艦の間に割り込む針路だった。

（航海長は僚艦を盾にしようというのか？　そもそも、この状況では衝突する危険性すらあるのではないか）

「復唱はどうした？」

姚の戸惑いを見て、王は微笑した。

「いいのだよ。艦の保全にできることはなんでもする。艦長も承諾済みのことだ」

「……はっ」

（自分がとやかく言うことでない）

狭い目で見れば、ベストの選択と言えなくもない。

姚はわりきった。

「面舵二〇。針路〇六〇」

『麗水』は艦首を右に振った。増速する。

「第四戦速」

赤地に黄の星が描かれた軍艦旗が音を立ててはためき、艦首が砕いた飛沫が主砲塔や艦幅いっぱいに広がった艦橋構造物を濡らす。

『長沙』と『西安』の艦容が間近に迫ってくる。

『長沙』は『麗水』と同じく昆明級の二番艦であって、『西安』は前級蘭州級の六番艦である。

いずれも舷側上部が艦上構造物側面と一体化した、中国海軍の新世代艦に共通したデザインである。

その航跡を横切って、『麗水』は対空砲火を撃ちあげながら艦首を差しいれた。

その直後、『西安』の直上で敵弾が爆発した。

満載排水量七〇〇〇トンの艦体に無数の火の粉が降りそそぎ、大小の破片が海面を叩く。

次は『長沙』だ。艦尾のきわどい位置で爆炎が湧き、ヘリの着艦場を炎が舐める。一瞬、直撃も疑うが、炎と煙を振りはらい、『長沙』は健全な姿を見せる。

（そうか）

ここでようやく姚は王の真意を悟った。

航海長はけっして僚艦を盾にしようとしたのではない。艦を密集させることで、弾幕の密度をあげ、それで敵弾の直撃を防いだのだ。

効果は目に見える形で表れた。姚は上司を疑った自分を恥じた。まだまだ半人前であることを思いしらされた。

ただ、艦隊としては劣勢である。

被弾炎上している艦は、ぱっと数えられるほどではない。朝日の赤い光と競うように炎は毒々しい光を放ち、大小の煙塊が海上を漂う。

（敗走するのか？）

次第に不安にかられる姚だったが、中国艦隊もそのまま黙ってやられる「やわ」な存在ではなかった。

海中で牙を研ぎ、虎視眈々とチャンスを窺う目があった。

そう、敵艦隊には潜水艦がとりつきつつあったのだ。

商級攻撃型原子力潜水艦の八番艦『長征16』は雷撃準備を整えていた。

敵の対潜警戒は厳重であって、迂闊には動けない。


チャンスは一度きりかもしれない。

「帝国主義者どもに鉄槌《てっつい》を下さねばな」

艦長朱一凡《チュイーファン》中佐は、心は熱く動きは静かに機会を窺っていた。

朱は敵艦隊の針路を予測して、大胆に艦を動かして前に出た。

だが、そこからは一転して我慢と忍耐を試される時間だった。

敵の対潜能力は優秀だ。動けば気づかれる。

そして、確実に沈められる。

だから、敵が入ってくるまでは、ひたすら待つ。

朱は好戦的である反面、勇猛と蛮勇との境界線をしっかりと心得ている男だった。

「敵艦隊、砲撃再開しました。向かってきます」

朱は無言でうなずいた。薄い唇が微笑に震える。

好ましい展開だった。

海中に潜む潜水艦にとっては、雑音が多ければ多いほど身を隠せることになる。

もちろん、敵を探知するにも邪魔にはなるが、大きな音を発している水上艦を逃すまでではない。

「前方にこんごう級一隻、アーレイバーク級二隻」

「雷撃用意。一番、二番魚雷装塡」

「一番装塡よし」

「二番装塡よし」

「雷撃準備完了」

ソナーを頼りにした戦術画面で、敵艦三隻を示す表示が徐々に迫ってくる。

それとは別に、『長征16』の右には『遠征69』、左には『遠征70』が、ともに攻撃の機会を窺っている。

いずれもロシアから購入したキロ級通常動力型潜水艦である。水中排水量は三〇〇〇トンあまりと商級原潜の半分ほどと小型だが、世界各国に輸出されている信頼性に優れた潜水艦である。

「敵艦、攻撃圏内に入りました」

朱の小さく攻撃的な目が、怪しく閃いた。

だが、すぐに魚雷発射の指示は出さない。必中を期すには、できるだけ引きつけたい。その一方で距離が詰まれば詰まるだけ、反撃を受ける危険性も高まる。

そのバランス感覚も重要だった。

「対潜ミサイルの発射音！」「海面に着水音！」といった報告が今にも入るのではないかと、不安がる乗組員もいたが、朱はほくそ笑みながら攻撃のタイミングをはかっていた。

戦術画面上で、彼我の距離がさらに縮まっていることがわかる。

「敵艦、右回頭」

「発射管、扉開け」

相対位置が、さらに適切なものとなったところで、朱は断を下した。

「カァイ　フゥオ（発射）」

『長征16』は魚雷二本を放った。

アクティブソナーの探信音を出しながら、二本の魚雷が海中を貫いていく。

「潜航せよ。深度三〇〇。発射管室は再攻撃準備」

いったん安全圏へ逃れつつも、朱はチャンスとなれば第二波の雷撃を敢行するつもりだった。

仮に第一波がうまくいっても、それに飽きたらない。

朱は貪欲な男だった。

早朝の海面に、複雑な航跡が絡みあっていた。

CIC（Combat Information Center　戦闘情報管制センター）にも爆発音と衝撃が伝わっていたが、他艦を気にかける余裕はなかった。

DDG『みょうこう』にも、敵の魚雷が迫っていた。

「前進半速！　取舵一杯」

艦長網内勇征一等海佐は、吊りあがった目をますます吊りあげて命じた。

（まさか、ここで仕掛けてくるとはな）

水上砲戦に夢中で油断したつもりはなかったが、すぐ近くに敵潜が隠れているとは思わなかった。

（対潜警戒は済ませた海域のはずだったが）

「前進半そーく」

「とおりかーじ、一杯」

速力を落とし、小回りが利くように優先させる指示だった。

スクリューの回転が弱まり、鋭く突きだした艦首が立てる白波が衰える。

それに反比例して、基準排水量七二五〇トンの艦体は反時計回りに内に内にとまわっていく。

「距離八〇〇……七〇〇」

敵魚雷が放つアクティブソナーの探信音が、艦体を叩く。

「デコイ発射！　総員、衝撃に備え」

続けざまに網内は命じた。

声は半分裏返っていた。

デコイで魚雷を欺ければいいが、それが失敗すれば直撃を受けて、艦は最悪の場合、轟沈しかねない。

そう思うと、ありあまっていたはずの虚栄心やＤＤＨ『いずも』艦長大門慎之介一等海佐へのライバル心など、どこかへ吹きとんでいた。

くぐもった爆発音がＣＩＣを襲った。

水中爆発の衝撃に艦がゆっくりと揺れる。

海面上では旧日本海軍の高雄《たかお》型重巡を思わせる巨大な艦橋構造物がよろめいた。

赤色灯が回転し、緊急事態を告げるブザーがけたたましく鳴りひびく。

艦は急激に傾き、鋼材のきしみ音や断裂音が両耳にねじ込まれてくる。

「よし！」

網内は、双眸をかっと見開いた。

そうした最悪の展開にはならなかった。

艦は揺さぶられたが、そこまでだ。

魚雷の命中は免れた。デコイがどう作用したかはわからないが、魚雷は近くで炸裂し、その余波を受けたにすぎない。

モニターにはアーレイバーク級駆逐艦の『バリ

ー』『スタウト』が沈む様子が映っていたが、『みょうこう』はすんでのところで被雷を免れた。

（優秀な艦長がいるんだ。本艦は沈まん！）

左拳を握りしめる網内だったが、そこに冷や水を浴びせる報告が入る。

「艦長。機関長からです」

「……なんだと」

多少の浸水程度の報告かと高をくくっていた網内だったが、報告内容は深刻なものだった。

機関は無事だが、どうにも速力が上がらない。

先の水中爆発で推進軸がいかれたか、スクリュー・プロペラが破損したのかもしれない。

航行は可能なものの、海上を這うような水上艦が第二波をかわすことなどできるはずもない。

再び網内は絶句し、表情はこわばった。


アメリカ艦隊との協同作戦に就いていたのは、水上艦だけではなかった。

たいげい型潜水艦の一番艦『たいげい』は日米艦隊に付かず離れずして、出る機会を窺っていた。

（敵にもやり手の潜水艦乗りがいたようだな）

艦長向ヶ丘克美《むこうがおかかつみ》二等海佐は、敵の実力を正当に評価した。

薄暗い艦内で、白っぽい肌が目立つ。

（あれだけ厳重な対潜警戒網をかいくぐって雷撃を仕掛け、見事に獲物を仕留めるとは）

過大評価は得られるべき戦果を逃し、過小評価は作戦の失敗を招く。

戦に勝つには、敵を知ることが必要である。

向ヶ丘はその原理原則をよくわきまえていた。

（ただ、攻撃を仕掛けたことで、その存在を露呈《ろてい》した。覚悟の上だろうが、それは逃さん）

鼻から左の頬にかけての傷がぴくりと動く。

「水雷長、魚雷戦用意。速力優先でいく」

「魚雷戦用意」

発射管室が慌ただしくなる。尾栓を開き、必殺の魚雷を発射管内に押し込む。

やはり、下がっていて正解だった。

空母打撃群を構成する艦隊の場合、潜水艦は前衛に就くのが基本であるが、向ヶ丘はアメリカ軍の潜水艦を前に立てて、自分は突出を避けた。

過剰な戦力の集中を避ける意味でだ。

それが功を奏した。

原理や基本だからと、アメリカ軍の潜水艦といっしょにいたら、敵を見逃したまま、まんまと背後を荒らされてしまったことだろう。

「右四五度、キロ級、距離二万五〇〇〇。さらに離れて二隻」

「水雷長。目標、右四五度、キロ級。深度そのまま」

トリム——縦傾斜を維持しつつ、艦尾のX舵を微動させて艦首を振る。

「目標、確認よし」

迷うことはない。敵に再攻撃を許す前に仕留める必要がある。敵に回避の余裕を与えないように、もっと近距離で放ちたいが、そこまで接近する余裕はない。

「二番。ファイア」

すぐさま向ヶ丘は命じた。

一八式魚雷を自立航走で放った。艦からの誘導を諦めた反面、迅速な目標到達を優先としたのである。

戦術画面上で「Ｋｉｌｏ」と表示された目標に向かって、ふたつの魚雷が近づく。雷速は極めて速い。時速でいえば一二〇キロをゆうに超えている。

「到達まで一〇、九」

そこで、魚雷の表示がひとつ消えた。なんらかの対抗手段に惑わされたか、異常が生じたか。

一八式魚雷はそれまでの主力だった八九式長魚雷の欠点とされたデコイの識別能力を向上させるべく開発された魚雷だった。

音響画像センサーや磁気近接信管を装備して、その欠点解消をはかったはずだったが、敵は敵でその対策を講じてきたのだろう。

敵もなかなかやる。

だが、他方で一八式魚雷は機関の低振動化をはかって、被探知性の低下もはかられている。敵にとっては、それも手を焼かされる要因になっていたに違いない。

残り一本が見事に目標を捉えた。

その瞬間、ソナーマンはレシーバーを投げすてるようにして外した。それほど強烈な音の伝播だった。

「目標、ロスト」

「残二隻、後退していきます」

「追いますか？」

先任伍長会田《あいだ》順二《じゅんじ》海曹長の問いに、向ヶ丘は即座に首を横に振った。

「無駄なことだ。原潜相手ではな」

「……たしかに」

戦術画面を再確認して、会田は苦笑した。

一隻は異常な速度で離れていた。原潜にしか考えられないことだった。

「あとは艦隊の処置に任せよう。我々はやるべきことを果たした（残念なことだがな）」

向ヶ丘は最後の言葉を飲み込んだ。

『たいげい』は、たしかに優秀な潜水艦である。連綿と進化と改良を続けてきた海自の潜水艦としては、究極的な艦と言ってもいい。

しかし、それはあくまで通常動力型潜水艦という枠内でのことである。

大容量のリチウムイオン電池を搭載して、飛躍的に水中航続力を伸ばしたとはいっても、無限ともいえる原潜のそれには叶わない。水中高速力も然りだ。

通常動力型潜水艦と原潜との間には、絶対に超えられない壁がある。

それが事実だった。

兵器分野への原子力の活用を解禁しない限り、中国やロシアに対抗していくのは難しい。それがわかっていながらも、なんとかしていかなければいけない。

気丈に振るまいながらも、向ヶ丘の苦悩は深かった。

原子力潜水艦『長征16』は最大戦速で戦闘海域からの離脱をはかっていた。

戦果拡大の好機だったが、欲にかられて自分が沈められては元も子もない。

特に日帝のこんごう型駆逐艦は、もう一撃すれば確実に撃沈できそうだったが仕方ない。

敵潜水艦の反撃を食らい、次に敵艦隊の追撃を浴びたら、手に負えなくなるかもしれない。

お楽しみはまた今度だと、艦長朱一凡中佐は自分で自分を納得させた。

キロ級潜水艦『遠征69』を失ったが、それは許容範囲だ。それと引きかえにアーレイバーク級駆逐艦二隻を撃沈したとなれば、おつりがくる勝利であることは確かだ。

「あと一、二隻は沈めかったがな」

「十分な戦果です。深追いして墓穴を掘ってからでは、やりなおしもできませんから」

なお未練を滲ませる朱に、副長孫富陽《ソンフーヤン》少佐が「これでいいのです」ときっぱりと口にした。

好戦的な朱が暴走しないようにブレーキ役を務める。それが孫の役割である。

「…………」

ただ、ここで朱もはっきりと悟ったことがあった。

（敵にも優秀な潜水艦乗りがいる）

それが肌で感じられた。互いに名も知らぬうちに、艦の外殻越しに感じる殺気と闘志。海中に火花を散らす次の戦いは、もはや宿命づけられていた。

第二章　紅旗強襲

二〇二八年三月一一日　東京・首相官邸

首相官邸地下のJNSC（Japan National Security Council日本国家安全保障会議）本部には、険しい表情ばかりがあった。

ため息を押しころすうめき声も、そこかしこから漏れてくる。

「戦況は悲観的。現在までのところ、中国軍が思惑どおりに支配領域を広げている、か」

日本国首相浦部甚弥《うらべじんや》は大型ディスプレイを見つめた。

台湾を中心とする電子地図が表示されている。

中国軍が支配的とされる領域は赤、台湾軍とアメリカ軍、そして日本のそれが青で塗りわけられているが、赤の領域は大陸から大きく東に張りだし、台湾を飲み込んでいる。

台湾中央部まではほぼ赤、一部は台湾の東端まで達している。

首都台北付近は台湾軍も頑強に抵抗して死守しているようだが、劣勢は否めない。

「これではもう台湾の総統府がどうこう以前に、全土が掌握されて中国のものとなるのも、時間の問題ではないのかね」

外務大臣深沢純《ふかさわじゅん》が、ヒステリーぎみに口走った。

「アメリカといっしょにいた我が国に、中国がなにを言ってくるか。とんでもないことになりますよ」

深沢は防衛大臣美濃部敦彦《みのべあつひこ》を一瞥した。

「米軍も頼りにならん。いったいどうするつもりだ」という不安と困惑の眼差しだった。

その美濃部が口を開く。

「台湾軍も残存戦力をまとめつつ、一点集中で中国軍の撃退をはかろうとしているようですが、いかんせん数や量では中国軍にとうてい敵いません。質の面でも中国軍はここ数十年、革新的に変わってきましたから」

「感心している場合ではなかろう！」

深沢は大声でたしなめた。

「だから、親米一辺倒では駄目だと言っていたんだ」

もっと中国に歩みよっていればよかったとの深沢の物言いだったが、外交チャンネルが閉ざされていたわけではない。

中国に軟化を促す、中国との関係性を良好に保つ、というのは外務省の役割である。

その最高責任者である自分の不徳を、深沢は完全に棚上げしていた。

それに冷ややかな視線を返しつつ、美濃部が報告を続けた。

「目下、米軍が中国軍の台湾全土の占領を阻止すべく、反抗作戦を始めています。ですが、中国軍も激しく応戦しており、ＥＭＰの影響も残っているため、まだ成果はあまり出ていません」

美濃部はレーザーポインターで位置を指ししめした。

「台湾上空の航空優勢は、八割がたは中国軍に握られています」

レーザーポインターの赤い点が、ぐるりと台湾を一周した。次いで、それが台湾東岸に移動する。

「海兵隊がこの辺りの航空優勢を確保しつつ、逆上陸作戦を始めていますが、一部では撃退されたとの情報もあり、一進一退の模様です」

「そこには海自の艦艇も派遣していただろう。一部損傷したと報告はあったが」

「はっ。ＤＤＧ『みょうこう』が小破と判定される損害を被りましたが、死傷者もなく、負傷者も軽傷で済んだのは幸いでした」

美濃部は答えたが、浦部の表情は険しいいままだった。

「台湾情勢が厳しいのはわかったが、我々にはもっと身近な問題もあるからな」

大陸から伸びた赤い触手は、台湾を超えた二カ所を塗りつぶしていた。

尖閣諸島と与那国島である。

台湾有事は日本有事。それは、まさにそうだった。

台湾に戦火があがることを、対岸の火事と済ますことなどできやしない。

台湾との直接取引ばかりでなく、空路、海路の遮断は日本にとって深刻な影響をおよぼす。

そして、れっきとした日本の領土たる二諸島が奪われたという事実は重かった。

「米軍がそれではな。尖閣や与那国を取りもどすのに、協力などあてにならんだろう」

官房長官半田《はんだ》恒造《こうぞう》が吐きすてた。

「官房長官のおっしゃるとおり、米軍は台湾方面で手一杯です。むしろ、我々に支援を求めてきているくらいですから」

「陸海空自衛隊に余力などあるまい」

「たしかにそのとおりですが、大局を見誤ってはなりません」

　切りすてるような半田だったが、美濃部は冷静だった。

「我々が尖閣と与那国の奪還に専念したとしても、それで問題が解決するわけではない。それを我々も忘れてはなりません。

　中国と台湾の問題を解決しない限り、我が国に平和は戻りません。その根本解決のためには、これまで以上に米軍とは緊密に行動していく必要があります」

「一〇〇パーセント言いなりは駄目だぞ。自主性を損なってはいかん」

「心得ております」

　うなずく美濃部に、半田はなおも駄目押しした。

　タカ派で強気の性格は、今なお健在だった。

「いざとなったら、我々もここまでできるというくらい、アメリカに見せつける好機でもある！　弱気になったら負けるぞ」

「官房長官」

　そこで、浦部が左手を軽く上下させて、ヒートアップする半田を制した。

「今、全世界が東アジアを注視している。国連工作は一度失敗しているとはいえ、我々はそれを味方につけねばならん。

　アメリカだけではなく、友好国とも連携して対処していけるよう、アピールしようじゃないか。

　我々はこうしたときのために、ＯＤＡをはじめとして、海外援助を行《おこな》ってきた。言葉は悪いが、その見返りをここで求めても罰は当たるまい」

　浦部は無理して笑ったが、そのこわばった表情までは隠しきれなかった。

二〇二八年三月一三日　台湾東部

勇猛ではあるが、似つかわしくない姿だった。

「こんなことまで、しなければならんとは」

アメリカ海兵隊第一海兵航空団第一二海兵航空群第一二一海兵戦闘攻撃飛行隊（VMFA－121Green Knights）に所属するジェイソン・テイラー大尉は不満と怒りに、ただでさえ凹凸の激しい顔を歪ませていた。

乗機は変わらずロッキード・マーチンF－35BライトニングⅡだったが、いつもとは全く異なる姿をしていた。

翼下にはいずれも大型で目立つ精密誘導爆弾と空対地ミサイルが携行されていた。

いつもは胴体内ウェポンベイに控えめに備えている兵装を、これでもかと所かまわず満載している、いわゆるビーストモードというやつだが、当然ステルス性は失われる。

ステルス機がステルス性を捨ててどうするのだという思いだけでなく、作戦そのものが強引で、作戦の前提に疑問があった。

本来、自分たちアメリカ軍の強みは兵器単体よりも、むしろ情報収集力とそれを駆使した豊富な情報ネットワーク戦術だったはずだ。

それによって、対等な戦力の敵に対しても、部分的に数的有利をつくりだして、優勢に戦いを進めていける。

それが、アメリカ軍全体の基本戦術だったはずだ。

それが、まったくもって崩れている。今回も。

そう、初めてではない。今回も、だ。

AWACS（Airborne Warnin

g and Control System 早期警戒管制機）の支援はない。

航続力と安全を確保できないという理由からだ。だったら、海軍の空母からAEW（Airborne Early Warning 空中早期警戒機）を飛ばしてくれと思うも、それも空母が近づけないからできないという。

「そんな危険なところに、俺たちなら突っ込ませていいと言うのかよ！」と、作戦を立案した者がいたら、ぶん殴りたいくらいだ。

さらに、問題はまだある。

これは海兵隊の事情だったが、揚陸そのもの、揚陸した陸上戦力が苦戦しているため、対地支援を行ってくれというのが、今回の任務である。

航空優勢さえまともにとれていない空域で、AWACSもAEWもなしで、しかもステルス性を捨てて突っ込めとは常軌を逸している。そう思うのは、テイラー一人ではないだろう。

「ストーム1よりストーム2へ」

テイラーはコールサインでウィングマンのデレク・ビットナー中尉に呼びかけた。

非ステルスモードなので、電波発信などに過度に神経質になる必要はない。

ビットナーは自分の斜め後方に続いている。支援に理想の位置である。

「もし敵機が現れてもかまうな。今回は対地支援が優先とされているからな。無視して爆撃するのが理想だ」

「ラジャ」

「ただな。容易にかわせなかったり、しつこく食いついてこられたりしたら、躊躇はしない。空対空戦闘に切りかえる。いいな」

「ラジャ」

「無理して落とされては元も子もないからな。もちろん、対地兵装はすべて投棄して構わん。空戦の足かせとなるものは切りすてだ。ただし、味方にはあてるなよ」

「ラジャ」

（いつもと言えば、そうだが）

特に今回に限ったことではなかったが、ビットナーの反応はまったく抑揚のない淡々としたものだった。

（つまらん奴だが、まあいい）

感情を燃やすテイラーからすれば、つかみどころがない感じだ。黒色人種だからどうこうと言うつもりはないが、場が許せば肩をすくめるところだ。

まあ、仕事をきっちりしてくれれば問題ない。

目標が小さく広範囲に散らばっているので、攻撃は小隊四機単位で行う。

テイラーも低空から台湾領空に入って、西進する。

今も昔もレーダーに探知されにくいようにするため、可能な限り低高度をゆくことに変わりはない。

もっとも、ステルスモードであれば、肉眼で発見されるのを避けるため、逆に高度を上げるのだが、今はそのときではない。

時間帯の選択は考えるまでもなく夜である。

この展開で、丸見えの昼間強行爆撃は、さすがに上も命じなかった。

もしも、そんなことを命じられたら、テイラーだけではなく、全員が任務をボイコットしたかもしれない。

敵の動きには細心の注意が必要である。

至近距離からSAM（Surface to Air Missile　地対空ミサイル）を撃ち

込まれたら、逃れる余裕はない。潰すか潰されるか。先手をとった者の勝ちだ。

照準のレーダー波を感知したら、反射的に動かねばならない。

警戒しつつ、前進する。

まずは上陸している部隊から支援要請のある目標への爆撃である。

地図上ではわかりにくいが、台湾は平地が少なく、峻険な山々が連なる森林地帯が多くを占める。

すなわち、隠れる場所には事欠かず、上空からはなにも見えない。

だが、敵はそれを利用して、たくみに部隊を隠蔽し、味方を苦しめているらしい。

暗視モードの赤外線映像にも、怪しげなものは見られない。

一面、淡い緑色に覆われた画面があるだけだ。


ここは味方の情報を信じて、目標座標を確実に爆撃するだけだ。

もちろん、擬装された発射台から、突如としてＳＡＭや対空機関砲が撃ちあげられてくるかもしれないと、厳重に警戒しておくことも必要だ。

案の定、そこでアラートが鳴った。

「ＳＡＭ！」

反射的にテイラーはＡＳＭ（Ａｉｒ ｔｏ Ｓｕｒｆａｃｅ Ｍｉｓｓｉｌｅ　空対地ミサイル）を放った。

対レーダー・ミサイルである。機側での誘導は必要ない。ロックオンしようとする敵のレーダー波へ向かって、自律飛行可能なタイプのものだ。

同時に、テイラーは機体を大きくスライドさせて、敵にロックオンされないよう回避する。

エッジマネージメントされた翼端が風を切り、

厚みのある胴体が夜気を押しのける。

世界初の実用STOVL（short take off／vertical landing短距離離陸・垂直着陸）戦闘機であるマクドネル・ダグラスAV－8BハリアーⅡでは、空戦中に垂直方向に機体を動かして相手を翻弄する強者もいたという話だが、F－35Bでは飛行中の垂直機動――リフトファンの稼働は禁止されている。

ハリアーⅡとは運転速度域が高速域で違うため、機体に負荷がかかりすぎるからという理由である。

テイラーらはそうしたF－35Bならではの特徴や制限も頭に入れながら、戦わねばならない。

距離が近くて危険なのは、敵にしても同じことだった。

飛翔時間はわずかで、対処する余裕はない。

命中とともに、強烈な閃光が闇の空間を引きさき、巨大な火炎が夜空に立ちのぼった。

爆発の規模は極めて大きい。

発射準備の状態にあったSAMを巻き込んで、誘爆させたためである。

周辺の樹木は根こそぎなぎ倒され、火砲や敵兵が下敷きとなって果てる。

大量の土砂が巻きあげられ、炎のなかに無数の黒点となって浮かびあがる。

追撃もすぐさま実行される。

ビットナーら僚機がJDAMを周囲に叩きつけていく。

JDAM（Joint Direct Attack Munition 統合直接攻撃弾）とは、無誘導爆弾に付加する、複数の尾翼らを含む各種精密誘導システム、さらにはそれを装着した爆弾の総称を指す。

敵は電撃的に進撃してきたため、半地下式の壕をつくったりする余裕はなかったはずだ。

空襲をまともに浴びて、被害は甚大なものにのぼったことだろう。

わずかに上がった反撃の対空砲火も、すぐに沈黙して消えた。

それを四機のF－35Bが、勝ちほこったように見おろす。

炎上する赤い光を反射して、分厚い胴体や大面積の台形主翼といったF－35の特徴的な部位が夜空に垣間見える。

炎の勢いは相当なもので、山全体が燃えているように見える。

その炎に遮られて詳細はわからないが、一番めの目標は完全に潰したとみていいだろう。

「航空支援に感謝する。ここはもう大丈夫だ。次の目標に向かってくれ。幸運を祈る。オーバー」

地上の指揮官から連絡が入った。

作戦の第一段階は終了だ。

テイラーが割りあてられた目標は二カ所である。

一カ所めは敵の最前線拠点のひとつであり、もう一カ所は後方の物資集積所と思われるところである。

そこの爆撃に成功すれば、敵と戦わずして無力化することも可能である。

波及範囲は広く、効果は大きい。

ただし、それは敵も承知のことである。

地上が丸裸であるはずがなく、それなりの堅固な守りと対地対空の備えがあると考えるべきだ。

(そうなれば、これも生きてくる)

テイラーは自慢の兵装表示を再確認した。

テイラーらはビーストモード、すなわちステルス性を破棄してまでのフル装備で出撃してきた。

爆撃を一回こなしたにもかかわらず、攻撃手段はまだ多く残されている。

敵の守りが固いならば、これらを次々と叩きつける。ガードをこじあけて、有効打を叩き込むのだ。

GBU－49ペイブウェイ五〇〇ポンドレーザー誘導爆弾、GBU－32B・JDAM、AGM－154C－1・JSOW空対地ミサイル等々、多種多様な兵装は、そのニーズに応えてくれることだろう。

ただ、敵は当然それを阻止しようと考える。

その準備は敵が一枚上だった。

「ミサイル!?　ブレイク！」

再び耳にしたアラートに、テイラーは散開をかけた。

ラダーを利かせ、サイドスティック式の操縦桿を引きつける。

軽量化と空力効率を高めることを目的としたテーパー翼が大きく傾き、下方視界確保を優先した短めの機首が跳ねあがる。

先端が突きだしたエアインテークが大量の大気を飲み込み、プラット&ホイットニーF－135－PW－一〇〇エンジンが吼える。

尾部の単発排気口が大きく開き、橙色の炎が闇に輝く。

地上から撃ちあげられたSAMではない。向かってきたのはAAM（Air to Air Missile　空対空ミサイル）である。

つまり、敵機が現れた。

非ステルスモードが災いして、テイラーらは敵機の先制攻撃を受けたのである。

「だから、こんなことを（ステルス機にさせては駄目なんだ）！」

つい、数十秒前に抱いていた対地攻撃にフル装備してきたのは正解だったという思いは、瞬時に消しとんで罵声に代わった。

チャフ――アルミ蒸着ガラス線維製の電波欺瞞紙もばら撒いてなんとか逃れるも、反応が遅れた一機が直撃を食らって砕けちる。

「シェパード！」

テイラーから見て四番機にあたるジム・シェパード少尉機が撃墜されたのである。

背後から稲妻のような光が左右に射し込むも、それもすぐに夜陰に吸い込まれていく。

呆気ないまでの最期だ。

いくら先進的な機でも、その特長を消してしまっては、凡庸機でしかなくなる。

ＡＡＭに直撃されてしまっては、新型機も旧式機と変わりはない。それを如実に表した結果だった。

「Ｓｈｉｔ！」

反撃しようにも、レーダーやＩＲＳＴに敵機の反応がない。

目標を捕まえられなければ、攻撃できるはずがない。

（それにだ）

さらに致命的な問題を、テイラーらは抱えていた。

（槍がないんだよ。槍が！）

対地攻撃を任務として出撃してきたため、ＭＲＭ（Ｍｅｄｉｕｍ Ｒａｎｇｅ Ｍｉｓｓｉｌｅ中距離空対空ミサイル）が手元になかった。

あるのは自衛用として携行してきたＳＲＭ（Ｓｈｏｒｔ Ｒａｎｇｅ Ｍｉｓｓｉｌｅ短距離空対空ミサイル）だけだ。

これでは、仮にレーダーで敵機を捕捉しても、視程外から攻撃することはできない。

この距離では八方塞がりである。

ふだんの想定とはまったく逆の立場に、テイラーはぎりぎりと歯を噛みならしつつ、低くうめいた。


空戦は優位に進んでいた。

台湾軍ならばまだしも、台湾防衛に出てきたアメリカ軍が向かってきたと聞かされたときは、背筋に冷たいものが流れる思いだったが、思いのほかうまく戦うことができていた。

ふだんの一二〇パーセントの力を発揮せねばならない。なんらかの奇襲的要素を絡めなければ、撃退は難しいかもしれない。

そんな悲観的な考えで準備もしていたが、それらは取り越し苦労で終わったようだ。

(自分を信じろ、てか。弱気になっていたら、怒られちまうな)

中国空軍東部戦区第九戦闘旅団に所属する陳《チン》海竜《ハイロン》大尉は苦笑した。恋人の劉鶴潤《リウホールン》が口を尖らせているのが目に浮かぶようだった。

陳と劉の関係性は、劉が主導権を握っていて立場が上であるのは明らかだ。

怒られて譲歩するのは、いつも陳のほうである。それが嫌だというつもりはない。そうした関係性でいいから、劉のそばにいたい。

そのためには、生きて帰らなければいけない。それが、今の陳にとっての、実戦に対するモチベーションだった。

(あいつ)

自分のウィングマンを務める楊権《ヨウグオン》少尉が前に出てくる。ハングリーな楊は、実戦となって前のめりになっているのだ。

「それでも向かってくるのは褒めてやるよ。望みどおりに撃墜してやる」という楊の声が聞こえたような気がした。

　彼我の距離は縮まり、空戦はＢＶＲ（Ｂｅｙｏｎｄ　Ｖｉｓｕａｌ　Ｒａｎｇｅ　視程外）戦からＷＶＲ（Ｗｉｔｈｉｎ　Ｖｉｓｕａｌ　Ｒａｎｇｅ　視程内）戦へ移行しつつある。

　幸いにもＢＶＲ戦ですでに一機を撃墜することができたが、敵はそのまま突っ込んできた。

　さらに、つい先刻スコア一を追加して、機数は四対二と陳らが断然有利な状況に立ったが、敵は引きかえすことなしに怯まず向かってきている。

　今さらあとに退けないという思いなのかもしれないが、戦場ではその無理が取りかえしのつかないことになりがちだ。つまり、命取りになる。

（こちらも手抜きをするわけにはいかないからな）

　陳はスロットルを開いた。

　大柄なＪ－20が加速する。大型のカナード翼やデルタ翼が時折、月明かりに鈍く光る。

　ＭＲＭでアウトレンジ攻撃のまま決着をつけられれば理想だったが、あいにく大型のＭＲＭは携行弾数が限られ、残弾ゼロである。

　そこで、敵がまだ来るというならば、ＳＲＭを使ったＷＶＲ戦を受けてたつしかない。

　陳らの任務はこの空域に敵機の侵入を許さず、航空優勢を維持することである。

　戦いやすさを理由にして、この場を離れるわけにはいかなかった。それはいいが、様子がおかしかった。

　レーダーの反応が安定しない。

　はっきり探知していたはずの目標が、いつのまにか明滅しているのである。距離は確実に縮まっているにもかかわらずだ。

昼間、視界が開けた状態であれば、そろそろ目標を視認できる距離だったろうが、夜間ではそうはいかない。

今度はＩＲＳＴのほうが、はっきりとした目標の痕跡を示す。

(まさか、ステルス機か？)

陳は思考をフル回転させた。

現実とここまでの経緯。都合悪く、途中からここまでレーダーが故障するとは考えにくい。

(そうか)

陳が考えついた答えは正しかった。

敵は対地攻撃を任務としていた。そこで、携行過多の兵装でステルス性を損なっていた。それを制空戦用に切りかえたので、本来のステルス機の姿に戻ったのだ。

持っていた航空爆弾やＡＳＭはたぶん投棄した。そんなところだろう。

「ダァン・シィン(注意しろ)」

陳は僚機に注意を促した。

「敵はステルス機の可能性が高い。油断するな」

敵は速力を上げたのだろう。ドッグファイトに入る。

(Ｆ－35？)

ぼんやりとだが、赤外線画像がそのように見える。

「む！」

すれ違いざまにＡＡＭがやってきた。

ほぼ真横で撃った？　残念ながら、オフボアサイトの交戦能力は敵が上まわっているらしい。

ただ、慌てることはない。

カナード翼を用いた急激な機動変化で、ロックオンを外しにかかる。それでも駄目なら、フレアをこれでもかとばら撒く。

打ち上げ花火のように、火球が夜空に咲きみだれ、失探した敵のＡＡＭが自爆する。

その火花に反射して、薄い胴体や逆ハの字に開いた全遊動式の垂直尾翼、後縁に緩い前進角が与えられたデルタ翼など、Ｊ－20の機影が部分的にあらわになるが、それも一瞬のことだ。

あとは数を利して、敵を追いつめればいい。

楊がもう一機の敵を追いまわしているのが、画面上で確認できた。今ごろ絶叫しながら、ドッグファイトに没頭しているのかもしれない。

大柄な機体に似合わぬ機敏な動きを、Ｊ－20は見せていた。

アメリカ海兵隊大尉ジェイソン・テイラーは苦渋の決断を下すしかなかった。

「ここまでだ。引きあげだ」

「ラジャ」

サポート役のデレク・ビットナー中尉が応じる。

緊迫した場面でもいたって冷静なビットナーだったが、テイラーにはそんなことを考えている余裕はなかった。

第二の目標に向かう途中で敵の攻撃を受けたテイラーにとっては、そこでの選択肢はふたつあった。

作戦を中止して引きあげるか、あるいは危険を顧《かえり》みずに続行するかだ。

戦意旺盛なテイラーは後者を選んだ。そもそも強力な敵が待つところに、あえて任務を強行しようとしたところに無理があったのだが、ここでテイラーは二重の判断ミスを犯したのである。

任務の続行、すなわち対地攻撃を意図したばかりに、非ステルスモードのまま敵の網に突っ込んでしまった。

　そこで、失わなくてよかったはずの僚機一機を追加して撃墜される羽目に陥った。

　今度は慌てて対地兵装を投棄して敵機に空戦を挑んだが、このざまだ。

　一機も撃墜できないばかりか、自分が生きのこることすら危うくなっている。

　そもそも自衛用のサイドワインダー二発で、なにができたというのか。

　今度は、選択肢はひとつしかない。

　恥をしのんで戦闘空域を離脱するだけだ。

　いったい自分はなにをしていたのかと、テイラーは自分の判断の甘さを悔いた。

　中国軍など二流の後進軍だ。我らが本気を出せば、軽くひと捻りできる。という慢心が心に巣くっていたのはたしかだ。

　しかし、現実はまったく違った。

　想像以上に中国空軍は手強い。それを侮っていると、撃墜される身になるのは自分のほうだと、テイラーは考えをあらためさせられた。

　自分たちは実戦経験も豊富で、世界一精強な軍だ。そんな考えでいると、とんだしっぺ返しを食らいかねない。

　それが、このざまだ。

　単なる敗北ではない。格下と見下していた敵に、いいようにやられたのだ。

　これ以上ない恥辱にまみれ、操縦桿を握る右手は怒りと情けなさに震えていた。

　　二〇二八年三月一八日　東シナ海

　航空優勢をめぐる熾烈な争いは、東シナ海上空でも続いていた。

　空を制する者がその区域を制する。

　海上作戦にしても地上作戦にしても、揚陸作戦にしても、航空優勢の獲得が前提となるのは、現代戦の常識である。

　先島諸島に迫った中国艦隊を一度は辛くも撃退したが、航空優勢を握られてしまえば、次に防ぐのは難しい。

　東シナ海の航空優勢獲得は、航空自衛隊にとっては絶対に譲れないマストな任務だった。

　パイロットの練度と技量、機体性能の差で、はじめは優勢に戦っていた航空自衛隊だったが、次第に中国空軍の「数の力」が牙を剝きはじめていた。

　同じ一機、二機の損失でも、空自にとっては大きな痛手となるものが、中国空軍には軽くその穴埋めができてしまうのである。

　もちろん、それは機体だけではなく、パイロットについても言える。生還か死か、その補充ができるかどうかだけではない。

　パイロット一人一人にかかる負担が違う。

　パイロット一人がこなすソーティー数が、空自と中国空軍とでは違ってくる。

　簡単に言うと、中国空軍のパイロットは一度任務を終えると、代わりの者に任せて十分な休息をとれるのに対して、空自のパイロットは疲労回復もそこそこに、高い頻度で出撃しなければならないのだった。

　こうなってくると、戦線をもちこたえるのが困難になってくる。

　須永春斗一等空尉と山岡《やまおか》利喜弥《りきや》二等空尉のペアら第三〇二飛行隊も、三日連続の出撃だった。

　しかも、この日は徹夜さながらの連続飛行だった。

「ゲイト1よりゲイト2へ。無理は禁物だ。深追いはしない。いいな」

「こちらゲイト2。了解。脱出できても、敵の潜水艦に捕まって捕虜になっちゃ、しゃれになりませんからね。せっかく、はなちゃんとデートの約束ができたのに、実現する前にあの世行きなんて、まっぴらです」

「はな」というのは、第五〇一飛行隊の村山《むらやま》はな二等空尉のことである。航空学生で一期下の村山を、山岡はずっと追いかけまわしていて、ようやくその段階まで辿りついたらしい。なににしても、目標がある男は頑張れるというものだ。

「おいおい。ゲイト1よ。人の心配をする前に、自分の心配をしろよな」

そこに割ってはいってきたのは、コールサイン「ソニック1」こと沢江羽留飛《さわえはると》一等空尉である。航空学生同期の枠を超えた、須永の親友だった。

「疲労は判断を鈍らせるからな。娘も待っているだろう？　父として帰ってやれよ」

「忠告どうも」

と、言いつつ、「貴様もだろう？」と、須永は沢江の家族のことを思いかえした。

須永も沢江も家族持ちで、家族愛が強い。幼い息子と遊んで、丸く平たい顔をくしゃくしゃにして笑う沢江は本当に良い父と思う。戦場に送りだしている奥さんからすれば、毎日気が気でないだろう。

「お国のために立派に命を捧げた夫を誇りに思います」などと気丈に言いきる価値観があった昔とは違う。

女性の精神性も時代とともに変わっている。お国の安泰がなによりも優先で、献身的な国民が犠牲を顧みずに戦うという時代ではないのである。

人命はなによりも優先される。


那覇を飛びたった須永ら計四機のF－35AライトニングⅡは南西へ向かった。

時刻は〇六三〇の朝方だ。

「こちらキャッツアイ。宮古島の西方を周回している敵機がいる。領空に繰りかえし入ってきているが、宮古島の対空火器は稼働ゼロだ。こちらで追いはらうしかない」

AWACS（Airborne Warning and Control System 早期警戒管制機）から連絡が入った。

挑発を含めた中国の常套手段である。初めは嫌がらせ程度で相手の出方を窺う。

そのうち、相手が強い態度に出ないとみるや、行動をエスカレートさせていく。

相手が対抗してきたら、しつこく事態を終わらせることなく引っぱって、相手が音を上げるのを待つというやり方である。

尖閣諸島への中国公船の侵入繰りかえしは、ほぼ一日も休むことなく何年も続いてきたものだ。

その拡大版として、実弾の応酬まで含む挑発的戦闘行為が仕掛けられている。

毅然とした対応というよりも、断固撃退せねば奪われるだけだ。

「キャッツアイより各機。敵が四機に増えた。J－11だ。データを送る。排除してくれ」

「ラジャ」

今回はAWACSの目があるので、敵に探知されるリスクをなくす意味でも、自機のレーダーを封止している。

ＡＷＡＣＳの情報を共有して、その管制に従って攻撃を組みたてる。

クラウド・シューティングの実行である。

相手が非ステルスの第四世代機であれば、アウトレンジのＢＶＲ戦で楽に片づけることができる。

問題は敵が数に任せて、次々と送り込んできた場合だ。

いくら第四世代機が相手でも、一度に三倍も四倍もの機数を相手取るとなれば、難儀することになる。

データ受領、ロックオン。ＭＲＭのＡＩＭ－１２０　ＡＭＲＡＡＭ（Ａｄｖａｎｃｅｄ　Ｍｅｄｉｕｍ　Ｒａｎｇｅ　Ａｉｒ　ｔｏ　Ａｉｒ　Ｍｉｓｓｉｌｅ）の射程内に入ったというサインが灯る。

「ウェポンベイ、オープン。アタック！」

須永らはいっせいにＭＲＭを放った。

胴体下のウェポンベイから弾きだされたＡＩＭ－１２０　ＡＭＲＡＡＭは急加速して先へ進む。

肉眼では見えないが、データ的に目標ははっきりと摑まえてある。

それを目がけて、ＡＩＭ－１２０　ＡＭＲＡＡＭは飛翔していったのだ。

撃ちもらした場合のことを考えて、ただちに反転、離脱とはいかない。

速力を落とし、距離をとりつつ待機する。

第一波で敵を一掃できなければ、第二波を送り込む。

一機、二機残ったとしても、追加してＭＲＭ四発も放り込めば、確実に撃墜できるだろう。

ＡＷＡＣＳの管制官もそう考えているはずだったが、実戦は予想だにしない方向へ進んでいた。

「キャッツアイより各機。敵は退避していくようだ。攻撃が予測されたとは思えないが、敵が引きあげていく。残燃料の問題かもしれない。最低限追いはらえれば……いや」

「ゲイト1よりキャッツアイ。どうした？」

「いや、おかしい。四機が反転したのに、まだ四機がとどまっているように反応がある。レーダーがいかれたのか？」

「ソニック1よりキャッツアイ。どうすればいい」

「ちょっと待ってくれ。調整を……四機いる、いない？」

結果的には、このタイムラグが勝敗を大きく左右するきっかけとなった。

敵は恐るべき罠を用意していたのである。

「先に行くか？」

笑みを含んだ沢江の声だったが、こうしている間にも、須永らは窮地へと押されつつあったのだ。


（どうもおかしい）

嫌な感じがした。

須永の胸中に、言いしれぬ不安が芽生えてきていた。

「ゲイト1よりキャッツアイ。新たな目標へ攻撃許可を頼む」

それが本物かどうかはともかく、味方機である可能性は一〇〇パーセントない。それにAAMを撃ち込めば真実がわかると、須永は考えたのだが。

「攻撃を許可する。あ、いや、いない。……ああ!?」

そこで管制官の声が裏返った。

「南下して向かう新手が現れた。機数四。近い。離脱だ。離脱してくれ！」

上ずった声で管制官は指示したが、もう手遅れだった。

敵は須永ら四機を挟撃する態勢に入っていたのである。

ステルス機がくる。そう思えば、すべてのつじつまが合った。

ＡＷＡＣＳのレーダーでも反応が微弱だったこと、近距離にきて初めて探知できたこと、飛んで火にいる夏の虫というのは、このことだったのかもしれない。

須永らはまんまと敵の網にかかってしまったのである。

「タリホー（敵機発見）」

案の定、反転、退避したその横合いから、新手が現れた。

「一〇時方向から突っ込んでくる」

「Ｊ－20！」

もう自機の捜索手段も全開であって、レーダーもＩＲＳＴも、それに加えて肉眼でさえも、その存在を確認できた。

レーダーをはじめとして、摑まえにくいステルス機どうしの空戦は遭遇戦になりやすい。

ここでもそうだった。

超音速で突っ込んでくる敵の機影が、急激に膨らんでくる。

細長い大型の機体にカナード翼、無尾翼デルタ。中国空軍のステルス大型戦闘機Ｊ－20に間違いなかった。

Ｆ－35用に開発されたＧｅｎⅢヘルメットのバイザーには戦術画面が投影され、めまぐるしくデータが動いている。

ＷＶＲ戦となったので、使用するＡＡＭはＳＲＭ－ＡＩＭ－９Ｘサイドワインダーである。

すでにシーカー・レンジに入ったと表示があるが、ロックオンに至らない。

中国空軍のステルス機はＦ－22やＦ－35に比べて、ステルス性は劣るとされているが、少なくとも前方向のステルス性は侮れないようだ。

「ブレイク！」

Ｊ－20の一群は、須永らを蹴散らすように突っ込んできた。

超音速で飛び込んでくるＪ－20に対して、Ｆ－35Ａ四機が上下左右に散開する。

衝撃波が大気を揺らし、機体毎にその圧が威圧感を伴って伝わってくる。

無塗装なわけはないが、シルバーの機体は槍の穂先のようにも見えた。

「速い！」

一撃離脱と化したＪ－20は、すでに空中の点と化している。

Ｊ－20はステルス性獲得のために、高速発揮には不利なダイバータレス超音速インレットを採用していること、国産エンジンの信頼性が乏しいこと、から超音速巡航やマッハ二超の高速飛行は無理だと予測されていたが、実感的には十分速い。

速度競争では、単発のＦ－35では双発のＪ－20に分が悪いと考えるべきかもしれない。

初の手合わせで、その認識を強くした須永だった。

遁走《とんそう》しようにも、速力が劣っていれば、逃げられない。

むしろ、無防備な背中を晒してしまえば、格好の的となるだけだ。

「ならば」

運動性能で対抗するしかないと、須永は急旋回をかけた。

機体を横倒しにして、機首を上へ上へと引きつける。

陽光が真横から照りつけ、灰白色の濃淡で塗りわけられた丸い識別マークが白金色の光に覆いかくされる。

須永としては、背後にまわって安全な射界から攻撃するつもりだった。

しかし、敵もそうはさせまいと動く。

大柄な機体は小回りが苦手なはずだが、重い動きながらも粘る。カナード翼がもたらすプラスアルファの効果だろうが、下手をすればロシア機に見られる三次元偏向排気ノズルまで装備しているのかもしれない。

(こうなったら)

水平旋回戦になりかけたところで、須永はAIM－9Xサイドワインダーを放った。

前方射界に目標は見えていない。

運動性能に優れたAIM－9Xサイドワインダーといえども、発射角の最大は九〇度、すなわち真横までのカバーが限界である。

須永はLOAL(Lock-On after launch発射後ロックオン)機能を使った、咄嗟の一撃を狙ったのである。

自爆ドローンを操るがごとく、すでに空中にあるAAMを、機を見て向かわせれば、敵に許される回避の余裕は大きく損なわれるはずだったが、なかなかロックオンとはいかなかった。

照準を示すサインは点滅まではいくものの、点灯へと切りかわらない。そのうちに状況はさらに悪化した。

「ゲイト2よりゲイト1へ。九時から新手。四機、いや八機!」

考えるまでもない。先の敵が追いついてきたのである。

その証拠として、J－11四機がくっきりと判明している。

非ステルス機はレーダーやIRSTの反応パターンで機種が推測できるが、このJ－11こそ自分たちをおびきよせる餌だったのかもしれない。

自分たちは、まんまと挟撃の網にかかった。

そして、餌のJ－11までが加勢したことで、機数比は四対一二と圧倒的に不利だ。

早速AAMが向かってきた。

フレア――マグネシウムなどでつくった囮の熱源をばら撒いてかわす。

不幸中の幸いは、中国空軍のAAMの誘導性能が低いことだ。

これがフレアで騙せない高精度のAAMだったら、いよいよお手あげかもしれない。

しかし、一発を誤爆させても、休む間もなく次のAAMがやってくる。

戦闘空域は乱戦となっており、相互支援ができる状況にもない。

「くっ」

けたたましい警告が鼓膜を叩いた。僚機と衝突寸前ですれ違う。

台形の主翼がかすらんばかりに交錯し、コクピットがこすれあうほどに接近する。

「沢江」

それが、須永にとって、親友を見た最後となった。

鋭い閃光が背後から射し込み、振りむいたそこには、白煙に包まれながら四分五裂するF－35Aがあった。

沢江の愛する妻と幼い息子の顔が、瞬間的に脳裏をよぎった。

「沢江っ、沢江！」

射出座席が飛んだ形跡はなかった。あれでは助からない。

脱出する間もなく、機体はＡＡＭの追撃を受けて大破したのである。

「沢江えーーー」

須永のむなしい絶叫が、蒼空にこだました。

その後どうやって帰還したのか、須永はまったく覚えていない。

覚悟はできているつもりだったが、親友の死に直面して、経験したことのないほどに動揺したことはたしかだった。

敵が引きあげてくれたのか、あるいは怒りにまかせて暴れるだけ暴れて帰投したのか。……記憶にない。


気がついたとき、須永の心底に突きささっていたのは、戦場の残酷さと過酷さだった。

あらためて、須永はそれを強烈なまでに認識させられたのである。

朝霧とともに消えたひとつの命。思いしらされた自分の無力。

「これが試練だと……いうのか？」

失望と挫折に、須永の誇りは地に落ちた。

人の抱く夢と希望、そしてささやかな幸せさえも、戦場は貪欲に呑み込んでいく。残されるのは苦悩と悔恨、憎しみと怨嗟。

野望と欲望の戦いに翻弄される男たちの戦いは、涙枯れるまで続いていく。

二〇二八年三月二三日　新潟東港

港の入り口近くには、着底したタンカーが見えた。船体は前後左右に傾いてこそいないものの、乾舷は著《いちじる》しく低く、上甲板を波が洗おうとさえしている。

オイルフェンスを張りめぐらせているものの、どす黒く染まった海面は一部外洋へも伸びようとしていた。

触雷して艦底を破られたタンカーから漏れでた重油によるものだった。

日本各地の港では、こうした機雷による被害が相次いでいた。

中国海軍の潜水艦による仕業と思われ、目的が日本の海上輸送の妨害と流通の麻痺、それによる日本経済の混乱と疲弊《ひへい》にあることは明らかだった。

海上自衛隊はその活動阻止に全力を挙げているものの、主要港と主要航路の安全を確保するのが精一杯というのが実態だった。

日本の国土は中国やアメリカと比べれば狭いものの、それを取りまく大洋は限りなく広い。

その全域を漏れなくカバーするというのは困難なことであって、必然的に後追いの処理が増えてくる。

日本の沿岸での掃海作業は頻発かつ急務となっていた。

FFM（Frigate Mine Multiple 多用途フリゲイト）『もがみ』も、現在その任務に就いている。

「さあ、しっかりてきぱき片づけろよ」

掃海長《そうかい》和田健三《わだけんぞう》一等海尉がはっぱをかけた。

「いいか、皆の者。これが本職なのだからな。いいとこ見せろよ」

「おう」

科員が応じる。

艦長権藤良治《ごんどうりょうじ》二等海佐を中心にまとまった「権藤組」ならではの物言いだった。

『もがみ』は戦局の逼迫《ひっぱく》によって洋上戦闘にも駆りだされてきたが、実は掃海が主任務である。

『もがみ』の所属はDDH（Ｈｅｌｉｃｏｐｔｅｒ Ｄｅｓｔｒｏｙｅｒ ヘリコプター搭載護衛艦）やDDG（Ｇｕｉｄｅｄ Ｍｉｓｓｉｌｅ Ｄｅｓｔｒｏｙｅｒ ミサイル駆逐艦）が所属する護衛艦隊ではなく、掃海隊群なのである。

海上自衛隊は発足当時から対潜水艦戦を重視した装備の調達と編成を行ってきた。

それはアメリカ海軍の補完として旧ソ連の潜水艦戦力に対抗する意味合いもあったが、やはり日本が島国であることからも、避けてとおれなかったのもたしかである。

その思想は今も脈々と続いており、もがみ型ＦＦＭおよびその発展型の大量建造に行きついているのである。

（やはり、このときが来たな）

権藤は潮焼けした赤い肌をなでた。

台湾有事が叫ばれるなか、「米中の戦争に加担するな」「アメリカの戦争に巻き込まれるな」という反戦世論が盛りあがっていたのは権藤も知っている。

だが、それがあまりにも的外れで無責任であることに、権藤は疑問を感じてならなかった。

日本は良くも悪くも、アメリカと一蓮托生の国である。

もちろん、それそのものを問題視する者もいることは知っている。

しかし、それを国として脱却しようとしても五年や一〇年では無理だ。

それだけ、日米は政治的にも軍事的にも密接な関係となってしまっていた。

その前提に立てば、中国と台湾および、その後ろ盾であるアメリカとが軍事衝突してしまえば、日本が他人事でいられるはずがない。

日本国内にはアメリカ軍の前線拠点が存在するし、中国軍の戦略観からすれば、先島諸島の奪取は太平洋への出口確保と台湾包囲の意味合いで、最優先の戦略目標と言えたからである。

陸海空自衛隊が潜在的な敵であって、米中戦争となれば、いつ参戦してきてもおかしくないという思いもあるはずだ。

だから、日本は「台湾有事」では必ず当事者となるし、日本そのものが戦場となる可能性が高いと、権藤はみていた。

もっとも、中国空軍の爆撃機がさかんに飛んできて、名古屋や大阪が焦土と化したり、中国海軍の艦隊が東京湾に侵入してきて、都心が艦対地攻撃を浴びたりするというのは飛躍しすぎであって、まずは潜水艦の跳梁《ちょうりょう》によってシーレーンや港湾の安全が脅かされるだろうというのが、権藤の見立てだった。

不幸にも、それは見事に的中した。

だが、自分たちはそれを予測して準備してきた。対策を実行するだけだ。

「大丈夫です。皆、自信をもってやっていますよ」

和田が引きしまった表情で、権藤に告げた。

「うむ」

権藤も和田には全幅の信頼を寄せていた。

『もがみ』の主任務たる掃海を指揮する男として、和田はよく働いている。権藤にとっては右腕といってもいい。

ステルス性を意識して平面で構成された艦体が、陽光を浴びて白く輝く。

特に舷側と一体化した艦橋構造物の側面は面積も大きく、まぶしいほどに光を反射している。

右舷の海面が二度、三度と盛りあがる。海中に敷設されていた係維機雷が処分できたという証拠である。

機雷はその一種と限らない。

「ＵＳＶ（Ｕｎｍａｎｎｅｄ Ｓｕｒｆａｃｅ Ｖｅｈｉｃｌｅ 無人水上艇）再起動させます」

機雷は厄介な兵器である。

一度敷設されれば、起爆するか排除されない限り、いつまでもその場にとどまり続ける。かつ、威力も大きく、一撃で艦船の航行性能を奪うことができる。

連携も容易で、複数の機雷が絡んできやすい。

そうなると、被雷、即沈没というケースも多々出てくる。

ゆえに、掃海という仕事は地味ながらも、ハイリスクであって、有人作業が躊躇される。

そこで、通信技術が進んだ現在では、直接的な除去作業はＵＵＶ（Ｕｎｍａｎｎｅｄ Ｕｎｄｅｒｗａｔｅｒ Ｖｅｈｉｃｌｅ無人潜水機）の仕事となり、そのＵＵＶを海上から操るのもＵＳＶと、無人化がはかられているのである。

そのＵＳＶの姿は先進的で、宇宙船などと騒がれているらしい。

権藤はモニターに目を向けた。

ＬＩＶＥ映像が送られてくる。

「む」

権藤は露骨に顔をしかめた。

いくらも進まないうちに、対象物が見えた。

一つや二つではない。

領海内、しかも陸地から目と鼻の先に、こんな危険物があるなど、断じてあってはならない。

これでは民間船など、ひとたまりもないだろう。

ＵＵＶが音響機雷対策として、海中でダミーの音源を放出する。音響機雷があれば、それにつられて誤爆することとなる。

「慌てるな。積みのこしがないよう、確認せよ。十二分にだ。いいな」

「宜候」

権藤は念押しした。

次の目的地に急ぎたい気持ちはあるが、こんな危険なものをひとつでも残してしまったら、アウトだ。

ここは確実性がなによりも優先されると、権藤は正しく認識していた。

『もがみ』は入念に掃海作業に従事した。

あとは根競《こんくら》べだと、権藤は表情を引きしめた。

機雷敷設前に敵を近寄らせないのがベストであることはたしかだ。

掃海が必要とされた段階で、すでに後追いになっているのは好ましいことではないが、敵にとっても、この最深部まで侵入してくるのは、けっして簡単なことではないはずだ。

敵の国力は大きいが、物資が無限であるはずもない。

(何度来ても、何度でもやってやる)

絶対に先に音を上げたりはしない。

そのうち、ハンターキラーで二度と来られないようにしてやると、権藤は決意を新たに、静かに両拳を握りしめた。

二〇二八年三月三〇日　佐世保

さすがに戦時に、一堂に会してというのは、リスク管理の意味でも現実的ではなく、オンラインという形式にはなったが、この日初めて日米陸海空の実務者会議が行われた。

参集したのは実働部隊の戦隊指揮官と首席補佐官、そして主だった艦の艦長や司令クラスの者たちだった。

こうした実務上の意見交換できる場が設けられたのは喜ばしいことではあったが、初回ということもあって、成果らしい成果はほとんどなかった。

佐世保に浮かぶDDH『いずも』の多目的室には、艦長大門慎之介一等海佐と、DDG『みょうこう』艦長網内勇征一等海佐、そしてDDH『いずも』『かが』を母艦として活動している第五航空団飛行群の司令与謝野萌《よさのもえ》一等空佐が残っていた。

つまり、言葉を選ぶ必要のない本音をぶつけあえる場だった。

「だから言ったろう。期待などできないって」

網内が嘲笑とも失笑ともつかない表情を見せた。

「さすがの米軍もインド太平洋軍とすれば余裕はない。うちの政治家連中がアメリカ様、アメリカ様と連呼しても、なにも出てこないって。まあ、ドック入りしている艦の指揮官が偉そうなことは言えんがな」

「たしかに、そうね」

自虐的に付けくわえた網内に、与謝野が同意した。最後の言葉に対してではない。長いまつ毛をしばたたかせるが、目は恐ろしいくらいに据わっている。

グレーの瞳は触れれば火傷するほどの光をたたえていた。

この戦時に、甘えは許されない。厳しかろうと、きつかろうと、現実をしっかり見極めて行動しなければ、生きのびられないという覚悟を示した眼差しだった。

「米軍は台湾全島の占領を防ぐのに躍起となっていて余力はなし。むしろ、我々に支援を求めてきているわけだから、今さら東シナ海方面に戦力を割いてくれって言ったって、なにも出てきやしない。そこで、戦術面のアイディアといってもなあ」

「いや、海兵隊の揚陸艦との相互支援というのは、無益なことではない」

全否定する網内だったが、大門は多少なりともメリットを得るべく考えていた。

「幸い、運用している艦載機が同じだから、燃料だけでなく、ミサイルの融通も利く。相互補完ができるのはけっして乏しいメリットではない」

「それにしても、作戦海域が離れていては役に立つまい」

「打撃戦力として加わってくれというのは無理でも、整備や補給のために一隻だけでも後方配置できないか、くらいの交渉余地はあるかもしれないぞ」

「たしかに、それくらいなら」

大門の主張に、与謝野が同意した。

だが、逆に言えば、それが限界ということだ。

日米連携とはいっても、現在は戦線を支えるにもあっぷあっぷあっぷの状況だ。

かつかつの戦力では、柔軟な編成や運用などは夢物語でしかない。

あとはせいぜい、会議中でも出ていた役割の一部分担程度だ。

対潜哨戒はこちらでやるから、処理はそちらで、といった具合にだ。

それと実戦で得た情報の共有は言うまでもない。

アメリカの諜報網は間違いなく世界一だとはいっても、中国軍の内情を隅々まで把握できているかといえば、そうではない。

兵器性能が予想に反して高ければ、警戒や対処をあらためる必要があるし、逆に過大評価していたものが発覚すれば、そこから多少戦力を割いて、ほかにまわすといったことも考えられる。

生きた情報は、なによりも貴重で重要である。

「しばらくは分業制が強まりそうだな。台湾方面は米台軍、東シナ海は我々」

「英軍や豪軍が加勢してくるまでは、我慢するしかなさそうだ」

「そうね」

そこで、大門、網内、与謝野の意見が一致した。

中国軍は強敵である。台湾統一という八〇年越しの悲願に向けて、周到に用意していた計画もあったことだろう。

それに対抗していくのは、生易しいことではない。現在の日米の戦力では、とても十分とは言えないだろう。

だが、中国軍とて絶対的な優勢であるわけではない。

かなり無理をしているのも事実であって、いつどこに綻びが出てもおかしくはない。

それまでは辛抱のときだと、三人は認識していた。

幸いにも世界は中国に否定的な声が優勢である。

中国は、台湾問題は内政問題であって、諸外国にとやかく言われる筋合いのものではないと盛んに喧伝してきた。

だが、それを額面どおりに受けとめている国は限られ、これは中国による侵略行為にほかならないと考える国が多数にのぼっている。

それを利用しない手はない。

世界を味方につければ、直接的な軍事力の増強ではなくとも、有形無形のダメージを中国に与えられる可能性がある。

中国はこれまでもチベットの東西や南シナ海で一方的かつ強硬な領有権の主張を繰りかえして、周辺各国との軋轢《あつれき》を生んできた。

潜在的にも中国を苦々しく思っている国は少なくない。

日本の外交は今も昔も三流で、そうしたアドバンテージを活かして有利な立場を築くことが下手だが、現在はアメリカという強い味方がいる。

日米同盟はこのときのためにあったと、おおいに頼るべきだ。

ここは政治が課題となる。

単に前線で撃ちあうだけが戦争ではない。外堀を埋め、支援者を集めて包囲網を強める。

情報戦も極めて重要である。

さらに、敵の中枢に入り込み、鉄壁であるはずの組織に亀裂を入れることで、想定以上の成果を期待できる可能性がある。

対中戦争は早くも転機にさしかかっていた。

早期解決をはかることができるか、泥沼の長期戦になるか、最悪どちらかが倒れるまでの消耗戦になるか、大きな方向性すらも左右されかねない。

国としての底力が試されていた。

第三章　中国包囲網

二〇二八年四月一三日　インド・デリー

かつて文明発祥の地として栄えたインドには、長年イギリスの植民地として支配され、収奪を繰りかえされてきた負の歴史がある。

独特の宗教と身分制度が改革、解放の妨げとなって経済成長が鈍り、結果として国の繁栄が遅れてきたという複雑な事情もあった。

多くの人口を持つわりには、世界的な存在感や発言力といった点で、中国にも大きく水をあけられてきたのも事実である。

だが、ここ一〇年あたりのインドには、そうした過去を払拭《ふっしょく》してありあまるほどの勢いがあった。

インドは国際的に見ても、実にしたたかな国として、今となっては先進国からも軽視が許されない重要な国として認知され、丁重な扱いを受けるまでに価値を上げてきたのだった。

それは親米一辺倒の日本からすれば、実に鮮やかで羨望すら覚えるものだった。

第二次大戦後にイギリスの支配からようやく脱して独立を果たしたインドは、旧ソ連との結びつきを強め、特に軍事的にはソ連製の兵器で固めて、地域大国を目指してきた。

インドにとっては、イスラム国家である隣国パキスタンとの対立が長年の国家的課題だったが、歴史はインドに重要な役割を与えた。

ソ連の崩壊とアメリカ一強の時代をしぶとく生きぬいたインドに、中国の台頭という課題が降りかかった。

中国の勢いは凄まじかった。

著しい経済成長と、軍事力の増強と近代化を成しとげた中国は、アメリカにすら挑戦状を叩きつけようかというまでに力をつけた。

国際法上は議論の対象にすらならない地域や海域を係争地に仕立てあげ、武力で実効支配していく。反対勢力があれば、国の内外問わずに弾圧、排除する。

強権的な手法で中国は傍若無人に振るまい、周辺国を震えあがらせた。

これは、本来国境問題を抱えるインドとしては由々しき事態のはずだったが、インドは動じなかった。

対中包囲網形成のため、日米がすり寄ってくると、インドは歓迎の意思を示して、対中問題を劣勢から均衡以上に押しもどしてみせた。

ソ連から代わったロシアとの付きあいは続いており、インドは西側でも東側でも共産国家でもない、まったく独立した第三極を形成して、存在感を急激に高めた。

ロシアがＮＡＴＯ（北大西洋条約機構）の脅威に怯えて、米英の挑発にのる形でウクライナ侵略を始めたときも、世界の大勢に追従すると見せかけつつ、暴落したロシア産原油を格安で大量購入して暴利を得るとともにロシアへの貸しをつくる一石二鳥の成果も得てみせた。

西側諸国からみれば、それはロシア制裁の結束を乱す行為だったが、インドはもはや敵にはまわしたくない重要国と化していたため、アメリカも警告を発することくらいしかできなかった。

そして、クアッドである。

クアッドとは「日米豪印戦略対話」のことであって、日本、アメリカ、オーストラリア、インドの四カ国で構成される多国間枠組みを指す。

目的は「自由で開かれたインド太平洋」の実現に向けて、インフラ、気候変動、重要・新興技術などの広範囲な分野で日米豪印の協力体制を構築するとされているが、主眼が南シナ海などで力による一方的な現状変更を試みる中国を牽制、包囲することにあるのは公然の秘密であった。

中国が提唱した旧シルクロードを彷彿とさせる一帯一路構想に対抗する意味もある。

この日、インドの首都デリーで、クアッド首脳会議が開かれた。

もちろん、議題は台湾問題であって、中国への対抗措置の協議にほかならない。

この戦時に日米豪印の首脳が一堂に会し、その場がデリーであることが、もはや外すことのできないインドの「現在地」を表していた。

特に日米の首脳は国内の調整や判断、決済などが山積みで、寝る間もないほど多忙であったし、インドへの長距離移動の安全確保はそれ以上の難題だった。

万が一にも敵の襲撃に遭ったり、事故を起こしたりということは許されず、情報の秘匿と護衛計画の立案、実行には大変な苦労が伴った。

言うまでもなくハイリスクのなか、それでもインドでクアッドの首脳会議を行《おこな》う必要がある。

それだけの勝ちと成果が見込まれた首脳会議だった。

すでに日米と友好国は独自の対中制裁を発動し

ている。

　貿易の全面停止や在留資産の凍結、進出企業の撤退と人事交流の完全停止などだ。

　この動きを世界に広げ、各国に対中対抗手段の強化を働きかける。

　そして、共同宣言が採択された。

「台湾問題は東アジアにとどまる問題ではない。太平洋の安定、ひいては世界の安定に関わる重大事項である。

　我々は力による現状変更を認めない。強権的な手法は断じて容認できない。一方的な武力行使による侵略行為には、断固とした措置を取る。我々は屈しない」

　これに対して、中国は内政干渉だと猛反発するとともに、「いかなる妨害をしようとも、我々の意志を曲げることはできない。我々はなんとしてでも国家統一の悲願を成しとげる。それを阻もうとする者は強烈な代償を被り、自らの行動を悔やむことになるだろう」と警告したが、それはかえって批判や非難を生むばかりだった。

　これまでの中国の行動には、それだけ不満や反を持つ国が多かったということである。

　それが台湾有事の勃発とクアッドの共同宣言によって、顕在化するうねりとなったのだ。

　経済制裁は大きく世界に広がり、対中多国籍軍が編成された。

　南シナ海をめぐる対中問題ではベトナムやフィリピンも当事者であって、国益からみてオーストラリアとイギリスも加わった。

　インドは元々中国と争っていた北部山岳地帯で軍事行動を起こして、牽制役を担うこととなった。

　ここでもインドはしたたかだった。

日米英が中国軍の主力を台湾に引きつけている間に、手薄になった中国軍を撃退する。長年の懸案事項であった北部山岳地帯の領有問題をどさくさまぎれに解決できる。

中国という共通の敵を利用して、インドは漁夫の利を得にかかったのである。

ただ、なにもかもうまくいくはずがない。

外交は馬鹿しあいであるし、国際問題は一瞬の隙を衝かれて暗転しかねない。

そこには腹黒い野望が渦巻き、昔年の恨み、窮地にある内政問題の外へのすりかえ、根深い宗教問題や民族対立等々が複雑に絡みあっている。

台湾問題が激化し、世界の目がそこに注がれていることをいいことに、その隙を狙ってあわよくばと考える不埒な輩。

アメリカ軍が台湾で中国との戦いに忙殺されている空白を衝こうとする不気味な動き。

北朝鮮である。

北朝鮮は韓国との国境——北緯三八度線沿いに軍を集結させはじめた。

北朝鮮には核弾頭を積んだ弾道ミサイルという切り札があった。

たしかにそれは超大国アメリカや日本、韓国にとっても大変な脅威である。

だが、それでいざ戦争となった場合に北朝鮮が勝てるかというとそうではない。

核ミサイルは脅しにしか使えない。

仮に北朝鮮が先制核攻撃に踏みきったとしても、猛烈な反撃を受けて国が滅亡するのは火を見るより明らかだった。

北朝鮮には他国を侵略して制圧するだけの軍事力はない。

貧弱な海空戦力は言うにおよばず、陸軍にしてもとても米韓軍に太刀打ちできる戦力ではない。

戦闘車両は博物館なみの旧式なものばかりだし火砲をはじめとする支援装備も陳腐化が著しいものばかりで、なかには稼働するかどうかも疑わしいものも多かった。

歩兵の数だけは米韓軍を見ため上は圧倒していたが、大半はろくな訓練も受けていない老兵や素人ばかりの三流、いや五流以下の集団だった。

朝鮮半島の統一を目論んで南下、戦争を仕掛けても、とうてい勝ち目はない。

それは北朝鮮の指導部も理解できていた。

だからこそ、万一の勝機を見出すのは、奇襲に次ぐ奇襲、奇跡の連続に期待するしかない。

台湾有事の勃発は、その千載一遇のチャンスと見えても当然だった。


そのため、韓国軍はむしろ北に警戒を強めなければならなかった。

対中戦において、韓国軍は後方支援にしか期待できなかったのである。

二〇二八年四月二七日　ダバオ

厳戒態勢下だったが、雰囲気はけっして暗くなかった。

ぴりぴりした緊張感のなかにも、期待のつまった光明が見える。

そんな明るい兆しが見えてきたように思えた。

上空では複数のＦ－35が警戒飛行を繰りかえしていた。

ただ、Ｆ－35はＦ－35でも、同一の機体ではない。

CTOL（conventional take-off and landing通常離着陸）のA型もあれば、コクピット後方の背が拡がったSTOVL（short takeoff／vertical landing短距離離陸・垂直着陸）型のB型もあった。

さらに特筆すべきは、白い星のマークを付けたアメリカ軍機や、白丸の日本の航空自衛隊機だけではなく、カンガルーを丸で囲んだ識別マークを付けたオーストラリア軍機が加わっていたことだった。

対中結束を誓ったクアッドの共同宣言と多国籍軍の編成がここに具現化していたのである。

アメリカ海兵隊の強襲揚陸艦『トリポリ』の横にはフィリピン海軍の哨戒艦『グレゴリオ・デル・ピラル』が停泊している。

『グレゴリオ・デル・ピラル』は、アメリカのコーストガードのカッター『ハミルトン』を再就役させた艦である。

売却、再就役の際に対潜装備やCIWS（Close In Weapon System 近接対空防御火器）が撤去されて軽武装化しているものの、フィリピン海軍では最大の戦闘艦艇として重宝されている。

その後ろに半没状態でいるのが、ベトナム海軍の潜水艦『ダ・ナン』である。

『ダ・ナン』はロシアのキロ級潜水艦を乗員の訓練とメンテナンス込みで購入した艦である。

キロ級潜水艦は通常動力型潜水艦の世界的ベストセラー艦である。

水中速力一七ノット、最大潜航深度二四〇メートル、武装は五三・三センチ魚雷発射管六門に魚雷、巡航ミサイル、対艦ミサイル、機雷などを搭載可能である。

突出した性能こそないものの、販売実績が物語るように安定した稼働率とコストパフォーマンスが売りである。

尖った性能がなくても、ベトナム海軍にとっては最重要戦力であるし、東南アジアの海域では有力な存在であると言える。

また、離れたところで特徴的なスキージャンプ方式の飛行甲板を見せているのが、オーストラリア海軍のキャンベラ級強襲揚陸艦のネームシップ『キャンベラ』である。

そして、『キャンベラ』の飛行甲板上には、挨拶程度だが空自のF－35B二機も足を下ろしている。

派遣されてきたのは第五〇一飛行隊の堂島樹莉《どうじまじゅり》一等空尉と村山はな二等空尉の二人である。

東シナ海で中国空軍を相手に、白刃の上を歩くようなきわどい戦いを強いられている空自だったが、結束を示す意味で余裕のないなかでも二人が出された。

それだけの意味を見出すべき日だった。

本当はフィリピンといえば、首都の眼下に広がるマニラ湾が艦隊泊地としては最適だったが、中国海軍の一大根拠地として実効支配が強まる南沙諸島が目前ではそうはいかない。

癪《しゃく》に障《さわ》るが、危険を回避する意味で、集合場所はフィリピン南西部のダバオ湾とされたのだ。

「なかなか見ない光景ですね」

「まあ、そうだけど」

周囲をぐるりと見まわす村山に、堂島は続いた。

たしかにそうだ。これだけの多国籍軍が集まるのは、リムパック――アメリカ海軍が主催するハワイ周辺で行われる環太平洋合同演習くらいのものだろう。

そこに参加したことのない自分たちにとっては初めてのことであって、「なかなか見ない」というのは当然のことだった。

自分が今、足をつけているのも、居慣れたDDH『いずも』の飛行甲板ではない。遠い南半球から来たオーストラリア海軍の艦上なのだ。

同じ戦闘艦艇とはいえ、なにからなにまで違う気がした。造り、色合い、配置、お国柄や民族意識の違いなのだろう。

「海外展開には慎重すぎる国だからね、うちは」

堂島は「派兵」という言葉をあえて避けた。

そう、日本に「軍」は存在しない。だから、「兵」も存在しない。自分たちは自衛隊員という特別な呼称の存在であるし、陸自にいけば「歩兵」と言えないので「普通科」などと得体のしれない呼び方をいまだに使っている。

この期に及んでもまだ、日本という国は戦争アレルギーと軍への自虐的な思いに蝕《むしば》まれつづけているのである。

平成二桁生まれの二人としては疑問というより、そういうものだと慣れたものだが、諸外国からは首をかしげられても当然だと思う。

そこで、汽笛が鳴った。

甲板上にいる者たちの目が、南の空へ向く。

慌ただしくクルーが艦尾方向へ駆ける。

『キャンベラ』は着艦受けいれ態勢に入った。

そう、ここまでで驚いてはいけない。

クライマックスはここからだ。

「来たぞ！」

真昼の星のごとき輝点だった。

青一色だった南の空に浮かぶそれは、時間を追って主張を強めてくる。

堂島と村山の二人は、それを航海艦橋脇の一角から見た。

アッシュ・ブラウンのセミロングヘアを強風になびかせながら、堂島が鳶色の目を向ければ、村山は赤茶色の内巻きワンカールボブを揺らしながら、みずみずしい厚めの唇を舐める。

着艦作業にあたる者たちの邪魔にならないよう、かつ安全を確保して、のことだ。

輝点が航空機の体を成してくる。

横に広がるのは主翼であり、徐々に厚みのある胴体なども、それとなくわかってくる。

初めはかすかに、そしてはっきりと聞きなれたエンジン音も耳に入ってくる。

プラット&ホイットニーF－135－PW－一〇〇エンジンの吼声である。

甲高く、鼓膜を激しくかき鳴らすかの音だ。

「ナイトのご帰還でーす」

村山が琥珀の瞳を輝かせた。左右の手指を組んで祈るような仕草は可憐で、純粋無垢な美少女さながらだ。

たしかに小柄で可愛い系の童顔を持つ村山は、なりきってもおかしくはない……のだが。

（なんだかねえ）

その横顔を見つつ、堂島は軽くため息を吐いた。

（恋人が本国にいるって、言っていたけど）

それでも、村山にしてみれば、「そんなの関係ない。奪えばいいだけだし」などと言いかねないから恐ろしい。

小悪魔そのものだ。

ただ、それで終わらないのも始末が悪い。

（やだやだ。内輪で、男女関係でもめるなんて、私はまっぴらごめんだよ）

堂島の頭のなかで、肉体美が自慢の短髪の男が髪をなであげていた。

（憐れなものだねえ）

第三〇二飛行隊の山岡利喜弥二等空尉である。

山岡が村山に好意を寄せているのは、公知の事実である。

村山もまんざらではないような反応を見せていたと思ったのだが、それはポーズだったのか、あるいは気が多い厄介な女なのか。

（とにかく、私を面倒なことに巻き込むのだけは、やめてよね）

堂島は視線にのせて、村山に釘を刺した。

堂島は男には興味がない。バイセクシャルというわけではないが、堂島が興味を持っているのは、上官である与謝野萌一佐だけだ。恋愛感情はないものの、堂島は与謝野を尊敬する崇拝者なのだった。

堂島は村山とはまた違った、きれい系で目鼻立ちがはっきりした美女なので「もったいない」と嘆く男が多数いるのだが、堂島がそれを意に介すことはもちろんない。

付きまとう男をうっとうしいだけと考える堂島もまた、罪深い女だった。

チーフらしきオーストラリア海軍の士官が、指を四本立てているのが目に入った。

着艦してくるのが、とりあえず四機というサインのようだ。

ヘッドセットでやりとりしながら、ボディ・ランゲッジをまじえて指示を伝えている。

「来ったあ」

村山が甘えるような声をあげた。

もう機首は間違えようがない。主脚を出し、速度を絞って、高度を落としてくるのは、艦載機ならば万国共通のことだが、コクピットの後ろに大きく立った板状のものが見える。世界広しといえどもF－35Bにしかないリフトファンの扉である。

F－35BはSTOVL（短距離離陸・垂直着陸）を実現するためのリフト・システムを備えている。

エンジンの推力を下方に向ける排気偏向ノズルと、下向きに空気を噴出するリフトファンとから成るシステムである。

かつて、イギリスのホーカー・シドレー社が開発したハリアーと、旧ソ連のヤコブレフYak－38フォージャーだけが可能とした垂直着陸を、現代で唯一再現できるF－35Bであるが、それでいて速度性能などを犠牲にすることなく、通常離発着機とさほど遜色ない性能を持つ点が、F－35Bの最大の「売り」なのだった。

着艦の最終態勢に入ったF－35Bが、わずかに機首を上げた。

堂島は微笑した。

陰になった部分に、所属を表す識別マークが見える。

伝統のラウンデル――イギリス空軍機を誇示するものだ。

多国籍軍の目玉であるイギリス軍がオオトリとして、ついにアジアに進出してきた瞬間だった。

かつて、七つの海をまたにかけ、世界中に睨みをきかせていた時代ほどではないものの、世界的に見てイギリスが軍事大国であることには変わりはない。

そして、アメリカ軍とともに、今や稀有《けう》となった実戦経験豊富な軍であることが、イギリス軍にとって大きな強みとなっていた。

不幸にも八〇年前の大戦では敵味方に分かれて戦う立場にあったが、東西冷戦、中東動乱などの時代を経て、日英の関係は再び準同盟国といえるほどまでに良好となっている。

陸海空の自衛隊も、イギリス軍に学ぶべき点は多い。

いったん艦の左舷についたF－35Bはホバリング——空中停止飛行に入った。

これができるのも、B型ならではのことである。

ゆっくりと右にスライドして艦上に入る。

左右主翼下面にあるロールポストで左右のバランスをとりつつ、さらに高度を下げる。

主脚が甲板を撫でるように接して、機体が大きく沈み込む。

完璧な着艦だった。


ハンドサインでダイレクター（誘導員）が駐機場所へ導く。

アメリカ海兵隊や海自と、ここは大差ない光景である。

いずれも、アメリカ海軍の空母をルーツとするものだからだ。

二機め、三機め、そして四機めと続く。

練度は高い。認めたくはないが、自分たち以上かもしれない。

風防が開き、パイロットが続々と降りてくる。

ヘルメットを外して首を左右に振る者がいれば、身体を伸ばして深呼吸する者もいる。いずれも着艦を手助けしてくれた者たちへの礼儀は欠かさない。軽くでも礼をして、ということだ。

他国の母艦であるから、いつも以上に必要なことだ。いずれもライトブルーの台座に、尉官を示す階級章が見える。

次にオーストラリア海空軍の幹部が出迎える。

司令や艦長クラスの者たちだ。

四人が見事な姿勢で、踵を揃えて敬礼する。あれを見ただけでも、歴史と伝統を感じさせる。

イギリス空軍、向こうで言う正式にはＲＡＦ（Ｒｏｙａｌ　Ａｉｒ　ｆｏｒｃｅ　王立空軍）という由緒ある組織の者が纏《まと》うオーラだ。

答礼を受け、握手をして、ひと言ふた言かわす。

長旅のねぎらいや、期待している、といったところだろう。

彼らは先遣隊である。母艦の空母『クイーン・エリザベス』も東アジア目がけて東進してくることになっているが、なにぶんにも航空機と艦艇とでは移動速度が違いすぎる。

戦況の逼迫を鑑《かんが》み、母艦に先がけて、艦載航空隊の一部が先行して進出してくるという話であり、あの四機はさらにその先鋒である。

堂島と村山はその内訳、つまり誰が加わってくるのかを知らされていた。

だからこその、村山の様子なのである。

イギリス空軍の士官パイロット四人が近づいてくる。

「あ、ちょっと」

気づいたときは、もう遅かった。摑もうとした堂島の手は、空振りに終わった。

一歩出るどころか、村山は五、六歩駆けだしていた。

「フィリップス大尉」

村山のお目当ては、イギリス空軍第６１７飛行隊「ダムバスターズ」（ＲＡＦ　６１７ＳＱ）に所属するカイル・フィリップス大尉だった。

金髪碧眼で、いかにも貴公子といった風貌の男である。

「大尉がいらっしゃると聞いたから、私もう待ちきれなくて」

上目遣いの村山に、フィリップスは笑みを返した。

「自分も再会できて嬉しいですよ。ミス・ハナ」

「本当ですか？　はな、嬉しい！」

もう、村山の両手はフィリップスの腕に絡みついていた。

堂島と村山はフィリップスと面識があった。

昨年七月の合同模擬空戦後の懇親会で、嫌らしく声をかけてきたアメリカ海兵隊の男をスマートに撃退してもらって以降、フィリップスを見る村山の瞳にはハートがいくつも並んでいるようなものだった。

（駄目だ。こりゃ）

堂島の脳裏に、再び山岡の顔がちらついた。「はなちゃん」とウィンクしているのが、また痛々しい。

（これはちょっとやそっとじゃ覚めないよ。ほかの子にいった方がいいよ。まじで）

心のなかで苦笑する堂島に、フィリップスは右手を差しだした。

「ミス・ジュリ。またお会いできて光栄です」

「自分もです。大尉」

握手に応じつつも、堂島の目はフィリップスを飛びこえて、その後ろにいる女性に向かっていた。

（ペアは変わりなしか）

これもいかにも白人女性という容姿の、エミリア・バートン少尉である。

ブリュネットで翠眼、透きとおるような白い肌は、女から見ても魅力的に映る。一七〇センチ超の長身に高い鼻、太い眉は、世界的ブランドを身に纏ってランウェイを歩いていそうにも見えた。

（大尉は本国に恋人がいると言ったが、この二人はお似合いと思うけどな。余計なお世話か）

　堂島は雑念を打ちけした。

（危ない、危ない。すっかり、はなのペースにはまるところだった）

　堂島は頭を強く振って、村山の腕を引っぱった。

「出迎えはここまでだ。さあ、行くよ」

　そう、自分たちは遊びに来ているのではない。ここは戦場だ。この後、用意されているのは、きらびやかな料理と酒が並ぶ懇親会ではなく、敵味方の戦力配置と作戦目的が告げられるブリーフィングなのである。

　力強い仲間が加わったのは結構なことだ。

　だが、それですぐにでも戦況が好転すると考えるのは、あまりにも楽観的すぎる。

　敵はそれほど弱くない。

　与謝野司令も、しばらくは我慢の日々が続くのではないかと語っていた。

　しかし、同時に敵にもそれほど余裕があるとは思えない。

　敵も苦しいはずだ。

　今は事前の計画どおりに敵は全力を傾注しているから、優勢に見えるかもしれないが、それを凌げば勝機もきっとでてくる。

　辛抱強く戦っていれば、必ず勝機は訪れる。

　勝つのは自分たちだ。

　そう、言って激励してくれた。

　その期待に、私は応えたい。きっと応えてみせる。と、堂島にとっては戦う目的が明確だった。

　これから多国籍軍の反撃が始まる。

　中国軍にとっても、正念場が迫っていた。

二〇二八年五月三日　東京・首相官邸

楽観できる状況にはほど遠いが、ようやくひと息吐けるという現況だった。

首相官邸地下のＪＮＳＣ本部は昼夜兼行の忙しさに変わりはなかったが、怒号混じりの喧噪からはようやく脱した感があった。

首相浦部甚弥、官房長官半田恒造、外務大臣深沢純、防衛大臣美濃部敦彦といったコアメンバーの表情にも、疲労感はあるものの精気が戻りはじめていた。

「警察、消防はほぼほぼ正常化を取りもどしました。物流も優先して回復させています。

いくつか些細な報告はあるものの、全国的に治安の悪化は見られません」

「そうか。ご苦労だった」

半田の報告に、浦部は安堵の息を吐いた。

社会不安もいろいろあれど、やはり治安の悪化がもっとも怖い。

極限に置かれた場合、人は理性を失い、極端な行動に走ったり、暴力的になったりする。

食料をはじめとして、物資の入手が困難で無法地帯化すれば、略奪、強盗、殺人などの犯罪が多発する。

自死も多くなって、殺伐とした社会が到来する。

諸外国の例を見ても、明らかだ。

あと三、四日、対応が遅れていれば、冷静で秩序あると言われる日本人も暴徒化していたかもしれない。

そうならなかったのは幸いだったが……。

「しかしながら、金融システムをはじめとして、完全復旧にはまだ時間がかかりそうです。しばらくの混乱は免れません」

「アメリカは？」

浦部の視線が、半田から深沢へ移った。

「……外交筋からは特になにも」

「アメリカ社会はなんら影響なし！　さすがですな」

視線を落とす深沢に、半田は自虐的に吐きすてた。

「アメリカは平時から備えができていた。我が国はそれができていなかった。その差だな」

半田はうなった。

冷戦時代から、中東で繰りかえされた戦争、アフガニスタンを主とする対テロ戦争と、常に戦時にあったアメリカは、やはり危機管理能力がずば抜けている。

それに対して、日本はあまりにも危機意識が希薄すぎた。対応も甘すぎた。

そう、認めざるをえない実状だった。

開戦と同時に発動した中国製品のロジカル・ボムと、強度を増したサイバー攻撃によって、日本のインフラは破壊され、大きな社会不安を招いた。

別に戦車や爆撃機を動かさなくても、銃弾や爆弾を実際に叩きつけなくとも、強烈なサイバー攻撃は相手国を滅ぼすことすらできる。

サイバー戦争はリアルの戦争と並ぶ第二の戦争とさえ言われる。

「専門家」から再三警告されながらも、日本の歴代政権はそれを正しく理解してこなかった。

情報保護など法的な障壁があるなどの言い訳をして、抜本的な対策を怠ってきた。

法に問題があれば、それを是正すればいいだけの話にもかかわらずにだ。

「自衛隊は大丈夫だろうな。当然、もっとも標的となっていそうなものだが」

「打撃となるまでの損害は出ておりません。ただ、自分のところを守るだけで精一杯です。政府系システムを守るまでの余裕はありません。ましてや、反撃能力などは、元々身についておりませんでしたので」

「うぬう」

半田は言葉にならないうめきを発した。

「どうしようもない」とでも言いたげだった。

「反省はあとにしよう。この状況を招いた責任は、現政府にもある」

悔しいが、これが現実なのだと、浦部は苦渋を飲み込んだ。

我々日本人には危機意識がなさすぎた。

安全と平和を保つためには、金がいる。

金をかけて有事に備えておかないと、こうなる。

自分を含めて、猛省しなければならない。

しかし、今嘆いていても、なにも良くなるわけではない。

「責めを負うのは我々だが、同時にその回復の義務を負っていることも忘れてはならない。できることを探そうか」

浦部は気持ちを切りかえた。

「アメリカ軍はすでにサイバー反撃を始めています。我々にも協力要請がありましたが、手段がない以上は協力できないと、返答せざるをえませんでした。ただ……」

「ただ、なんだ」

言うべきかどうか迷う美濃部に、浦部は先を促した。

「直接的な行使はできなくても、スパコンや経由サーバーをレンタルしたりするという間接的な支援は可能と思います」

「すぐやってくれ」

「はっ」

浦部の即決に、美濃部はあらためて姿勢を正した。

「その見返りに、民間のものでいいのでサイバーセキュリティーについて協力を求めてはいかがでしょうか。中国がまた仕掛けてこないとも限りません。

ハードでなくてソフトでもいいです。アメリカにはＧＡＦＡがいるので、いくらでも出てくるのでは?」

「そうだな」

半田が同意した。

「ウクライナ戦争でも、相当陰で働いていたらしいじゃないか。初期の戦線を支えていたのは、間違いなく彼らだったと」

「経産省がどう思いますかね?」

渋面で首をかしげたのは深沢だった。

「自国の負けを認めるようなものだと。それに民間となれば、かなりの金銭を要求してくるのでは?　そうなると財務省もうんと言わん(でしょう)」

「なにを言っているんだ!」

浦部は言下に一喝した。

「今はどんな手段を使ってでも、我が国の安全と安定を守るのが先決だ。面子《めんつ》などどうでもいい。自分でできるならば、やってみせるがいい。

それができないから、言っている!

それと交渉事こそ外務省の仕事だ。外務官僚がなにをした?　なにもできん官僚は首だ!」

「も、申し訳ありません」

今まで見せたこともない浦部の権幕に、深沢はたじろいだ。

そこに、半田が冷ややかな視線を浴びせる。

「まったく。空気が読めないとはこのことだ。自分の立場も状況も、まるで理解していない。更迭は確定的だ」と蔑む眼差しだった。

「ところで、中国国内はどうなのだ。アメリカが反撃しての成果は？」

「我が国で見られた一般社会の混乱は少ないようですが、中国軍にはすでに効果が出ていると、米軍は見ているようです」

浦部に、美濃部が答えた。

「米軍はまず中国軍を機能不全に陥らせるべく、優先して攻撃しているとのことです。

実際に、台湾方面に出撃する戦闘機の数や頻度は減っています。沿岸方面への戦力集中も鈍っているように見えます。

もちろん、開戦直後に無理をした反動もあるのでしょうが」

「そうだといいがな」

目に見える打撃だけではなく、敵の戦力を削ぐには、敵の内部破壊も有効な手段である。

サイバー攻撃は、それを具現化できるものだと、浦部もアメリカ軍から説明を受けていた。

そのサイバー反撃が功を奏していると信じたい。

「多国籍軍もすでに動きだしています。米軍のインド太平洋軍司令部は、これらを反転攻勢のきっかけとすると主張しています」

「連絡を密にしてくれ」

美濃部の報告に、浦部は釘を刺した。

「陸海空自衛隊とも基本的には同調だが、我が国には我が国固有の事情もある。すべて盲目的に向こう任せにはできんから、報告はこまめに、些細なことでもあげるよう、通達、徹底してくれ」

「はっ。そのように指示します」

そう、ここまでは一方的に押し込まれてきた日米台だったが、台湾の全島陥落は食いとめ、着々と反撃態勢を整えつつあった。

台湾有事は転機を迎えようとしていた。

二〇二八年五月三日　蕪湖市

この切迫した戦時に、二日も休暇が与えられたのは驚きだった。

もちろん、出ずっぱりでは消耗してパフォーマンスは落ちる。それが戦場であれば、命を落とすことにもつながるだろう。

だから、しっかりした軍隊というのは、前線勤務と待機、教育、休息がうまくローテーションできる組織なのである。

中国空軍は残念ながら、そこまでの組織ではない。

では、なぜだ？

まことしやかに囁かれているのが、燃料やミサイルが枯渇したからという理由である。

まあ、なくはないと思う。あれだけ派手に飛んで、派手に撃てば、いつまでもあるほうがおかしいというものだ。どこからか無限に出てくるものではない。

自分たち中国空軍は台湾海峡を越えて、台湾島上空へと至った。

その過程で、台湾空軍機を相手に、片っ端から撃墜せよという指示の下、雨あられとＡＡＭ（Ａｉｒ ｔｏ Ａｉｒ Ｍｉｓｓｉｌｅ　空対空ミサイル）を浴びせた。幾度も出撃を繰りかえした。

アメリカ軍が台湾軍の援護に出てくると、今度はアメリカ軍相手にも臆せず喧嘩を売った。

開戦劈頭に攻勢をかけるのは兵法の王道であるが、攻勢に次ぐ攻勢、これでもか、というやり方で、息切れしたとしても不思議ではない。

この考えは半分正しく、半分が誤りだった。

たしかに、前線で燃料とミサイルの不足が生じたのは間違いない。

しかし、それは枯渇したのではない。中国軍もそれほどずさんな計画で戦端を切るほど愚かな組織ではない。

中国は奥が深い。

国内の軍需産業がフル稼働して原料から部品、完成品まで、大増産して戦線を支える予定だったし、内陸の駐屯地や備蓄庫から物資は順次、東岸へと移され、補給が滞らないようにと、二重三重の計画が立てられていた。

計算上は米台軍を相手に五年の長期戦は耐えうる。燃料にしても弾薬にしても、それだけの備蓄はあると、中国軍は見積もっていたのである。

ではなぜ、一時的にせよ、前線でそれらが不足しているのか。

届かないのだ。アメリカ軍のサイバー攻撃によって、中国軍のシステム中枢は痛打を被った。

在庫管理のデータは荒らされて信頼性を失い、輸送システムは破壊されて、計画的かつ効率的な物資輸送は頓挫《とんざ》した。

中国軍は得意の人海戦術で補給、管理、経理等々の者たちを総動員して、人手によるアナログ補給の遂行をはかっているが、そうそう簡単にフォローできるはずがない。

それでできるならば、複雑なシステム構築など必要ない。

　システムの回復や再構築も躍起になって進めているが、アメリカ軍によるものと思われる妨害工作が強力で、復旧の見とおしは立っていないのが現状だった。

　ただ、一個人に帰れば、この休暇は心身の回復に有用であるのも間違いなかった。

　東部戦区空軍第九戦闘旅団に所属する陳海竜《チンハイロン》大尉にとって、理由はどうあれ外出不可という条件があっても、緊急招集がない休暇はありがたかった。

　まっさきになにをするかは決まっている。恋人の劉鶴潤《リウホールン》への連絡だ。幸い、昔と違って、ビデオ通話で相手の顔を見ながら会話できるのはよかったが、それは諸刃の剣である。

「いったい、どういうつもりよ！」

　画面に飛びでてきたのは、いつもの怒気を放つ顔だった。

　強気でまくしたてる劉に、頭を下げ下げ謝る陳という構図は、平時でも戦時でも変わりはなかった。

「戦争に行ってきたんでしょ。戦争に！　それで音信不通になったら、なにかあったと考えちゃうじゃない」

「ごめん。軍の機密上、なかなか勝手なことはしにくいから」

「あなた、軍人だものね。それはわかっているわ。ただ、だからこそ、今どうしているのだろう？　怪我したりしていないかな、生死をさまよっていたりしたらどうしよう、なんて考えるわけね」

「ごめん」

「毎日毎日、政府がいいとこどりして報道してもね、海外から悲惨な映像が流れてくるのが目に入るわけね」

「…………」

「戦争がそういうものだと、わからない私のはずがないでしょう？　子供じゃないんだから。もう、心配させないでよね！」

不平不満を並べつづける劉だったが、最後の「心配させないでよ」という言葉に、陳は劉の本気を感じとった。本気で心配しているからこそ、こう怒る。不安で心が張りさけそうだった。その思いを吐きだすことで、少しでも落ちつきたい。

それが劉の心境なのだろうと、陳は推しはかった。よく見れば、劉の両目は潤んでいるようだ。パーマをかけたショートヘアをさかんにかき乱すのも、気持ちが揺らいでいる証拠と思われる。

劉は本気で心配してくれていたのだ。あらためていとおしいと思った。

こう思ってくれる劉を、自分は大切にしたい。大切にしなければいけない。

「ごめん。可能なときは欠かさず連絡するようにするから」

「そうして。絶対ね」

「もちろんだよ。約束する」

画面越しだったが、陳は劉の目を見て、はっきりと口にした。絶対に裏切ったりしないから。そんな思いもこめていた。

「俺はどんなことがあっても、帰ってくるから。君を失いたくない。死に急ぐことは間違ってもしない。この世にしがみついて、指一本だけでもひっかけて帰ってきてみせる。だから……待ってて」

間合いが絶妙だった。

「……馬鹿」

おもむろに、劉は顔を跳ねあげて、斜め上を向いた。こぼれそうになる涙を見せまいとしてのことに違いなかった。

「この戦争が終わったら、二人でミニサッカーでもしよう。お腹がすいたら、君の好きな小籠包《シャオロンバオ》でも腹いっぱい食べよう。そうしよう。いいね」

うんうんとうなずく劉に、言葉はなかった。涙で声にならないのだ。ふだん見せない劉の弱気な様子に、守ってあげたいと思う気持ちが沸々と湧くのは当然だった。

申し訳ない。自分が軍人であるばかりに、大変な心配をかけている。自分が軍人であるばかりに、大変な心配をかけている。

何百、何千と死んでいる。そこにいつ、自分が該当するかもわからない。切実な問題だった。

それこそ劉にとっては、人生を左右しかねない重大事なのだ。

自分はそれを十二分に理解したうえで行動しなければいけない。自分は生きのこる、生きのこらねばならない。絶対に！

陳も気持ちを新たにして、ここに誓った。

引きさかれかねない恋仲。

慟哭と嗚咽が、そこかしこに溢れる。

二人はいつのまにか、戦争の犠牲者となっていたのだった。

二〇二八年五月四日　旅順

システム障害は軍全体におよんでいるため、補給が滞っているのは空軍に限ったことではなかった。

海軍もまた、作戦遂行に支障が出る事態にまで至っている。

「これでは、とても安心、安全な航海計画など立てられんな」

駆逐艦『麗水』航海長王振麟《ワンジョーリン》少佐は、憤った表情を見せた。

一度母港に戻っての出撃であれば、燃料、弾薬はもちろん、食料、飲料水、医薬品なども要求した量はすべて満たしたうえで出るというのは、あたり前のことと思うが、現実に届いている量は、それに遠くおよばない。

もちろん、『麗水』に限らず、北海艦隊全体が物資不足にあえいでいる。

これは空軍同様、備蓄管理と輸送がうまくいっていないためである。

どこにどれだけの量があって、それをいつ誰がどこへ運ぶのかという一連の流れがショートしているのだ。

燃料に限っては、精製工場すらもうまく稼働していないという報せも耳に入ってきている。

「我々は担当区域を越えて、台湾の東側やフィリピン海までいって、日米軍と戦わねばならないのですよ。この状況では、とても艦を無事に連れかえってこられると責任が持てませんよ」

王が抗議している相手は、状況を説明しにきた艦隊司令部の補給担当士官である。

敵のサイバー攻撃によって、補給計画が乱れている。現在、人海戦術で軌道修正をはかっている。問題は軍全体におよんでいるので、中央も復旧に全力をあげると言っている。とのことだが、なんの解決にもなりやしない。

欲しいのは、いついつまでに復旧できるのかとの情報と確約だが、具体的な言及はいっさいない。

「もう多国籍軍はフィリピンに集結しているのだぞ。日米軍だって、いつまでもやられっぱなしでいるはずがない。悠長に構えている暇なんてないだろう！」と、一喝したくなったが、この士官を責めてもなにかが良くなるわけでもない。

　王はその罵声を喉奥に飲み込んだ。

　ただ、言っておかねばならないこともある。

「北海艦隊司令部も難しい状況であることは百も承知でしょう。今、無理に出ていっても、思う存分暴れることなど、とうていできません。制約の大きい作戦では、得られる成果が乏しいだけではなく、危険ばかりが倍増することになると、現場が危惧しているとお伝えください」

　階級は自分のほうが上だったが、王はあえて丁寧な口調で接した。

　交渉事や要請で攻撃的になっても、いいことなどなにもない。

　退くところは退く。それで、相手を懐柔することも必要だと、王は理解していた。

「はっ。航海長からいただいたお言葉は、必ず上司に報告いたします」

「頼みます」

　今、もっともまずいことは、燃料すら不十分な状態で出撃を強行することだ。

　さすがに片道分の燃料で戦ってこいというのは大袈裟にしても、帰りが不安になれば行動は消極的にならざるをえない。

　勝機があっても攻勢に出られず、逆に退却するときにも道は限られる。東西南北から挟撃でもされたら、目も当てられない。逃げようにも逃げられず、洋上を漂流することになったら、それこそおしまいだ。

　そんなことは間違ってもごめん被ると、王の表情は険しいままだった。

　台湾の武力統一は早期決着が望ましいと王は考えていたが、どうも電撃的な決着とはいかないようだ。

アメリカの後押しを受けながら、台湾軍は必死に抵抗しているし、日本もまた譲るつもりはないとの姿勢である。

そこにきて、イギリス軍とオーストラリア軍が加勢してきた。

（面倒なことになってきたな）

王は愛国心の強い職業軍人である。国を守ること、国の繁栄に貢献すること、が軍人の役割であると考えている。

覇権主義が必ずしも正しいとは思っていないが、台湾統一は歴史的な経緯からも中国には必要なことであって、権利ですらあると考えている。

台湾に住む者たちにも言い分があるのは理解できなくもないが、諸外国にとやかく言われる覚えはないと思う。

（外交の失敗だな）

王には反米、反日を筆頭に、意に沿わない国は片っ端から叩きつぶしてしまえばいいとの短絡的な発想はなかった。

王は軍人であるが、感情に走らず、確実性を求める男だった。

敵は少なければ少ないほうがいいに決まっている。強硬姿勢一辺倒で周囲を敵だらけにしてしまった外交は、軍事的にみれば失敗である。

自分たち前線にいる軍人は、命令に従って戦うが、戦争の勝敗は単なる軍事力のぶつけあいで決まるものではないと、王は正しく理解していた。

政府も共産党指導部も、そのへんを理解して立ちまわってくれるものと信じたかった。

けっして、我々軍人だけが、無為に犠牲になることはあってはならない。

表立って言うことはできないが、愛国心があるからこそ、王はそう求めたかった。

台湾にいついた者も、大陸にいる者も、そして侵攻に従事した者さえも、考えや信条はひとつではない。

人の様々な思いが交錯しながら、ときは進む。

歴史の大きなうねりは人の涙や叫びを、ときには生み、ときには飲み込みながら、人を翻弄していくのだった。

二〇二八年五月五日　ダバオ

月明りに浮かぶのは、長身でスレンダーの女性だった。

ダークブラウンのロングヘアが潮風になびき、まばたくたびに長いまつ毛が上下する。

容姿だけ見れば、モデルかと勘違いするところだが、纏っているのが半袖グレーの常装第三種夏服であるところが、戦場であることを意味していた。

そう、ここは南国のリゾート地ではない。硝煙混じりの風が吹き、死臭漂う戦地なのである。

横線二本に桜三つの一等空佐を示す階級章を付けた女は、友軍艦艇――オーストラリア海軍の強襲揚陸艦『キャンベラ』の飛行甲板に足を踏みいれた。

航空自衛隊第五航空団飛行群司令与謝野萌一等空佐である。

フィリピン南西部のダバオにはフィリピン、ベトナム、オーストラリア、そしてイギリスの多国籍軍が集結している。

そこに、日本としてもプレゼンスを示すため、空自の一部を派遣していた。

与謝野が来たのは、そのためだ。

「すまなかったな。部下に行けと命じながら、上官が今ごろのこのこと現れて」

与謝野は詫びた。

部下を送ったときから、すでに一週間以上が経過している。

与謝野個人の都合によるものではなかったが、二名の部下を戦地に送りながら、自分はのうのうと安全な内地にいたのでは示しがつかない。

それが、与謝野の考えだった。

対外的な問題から、統合幕僚監部の佐官一人と部下数人を連絡役として出していたとしてもだ。

自分の部下は自分で面倒をみる。

それが、与謝野の信条だった。

もちろん、部下の二人――堂島樹莉と村山はなには、与謝野に悪い感情などあるはずがなかった。

特に堂島は感激して、身体が石のように固まってしまっていた。声も上ずる。

「い、いえ。自分たち二人のために、司令にこの遠方までおいでいただけるとは、恐縮であります」

「気にするな。上官としての義務だ」

与謝野は微笑して、堂島の肩に手をやった。

（もうやばい。駄目）

堂島は上官としても、一人の人間としても、与謝野を尊敬している。与謝野の信奉者と言ってもいい。

その与謝野にフィリピンまで来てもらって、個人的にねぎらわれるなど、もう気持ちが飛んでへたり込みそうだった。

しかも、本来ならば士官室でも借りて面談するところ、与謝野は夜にも関わらず、到着早々に自分たちを探して、飛行甲板まで上がってきてくれたのだ。

　堂島にすれば、もう昇天する勢いだった。

　一方、村山はいつもの調子で、あっけらかんとしていた。

「どうだ。村山二尉は困ったことなどなかったか?」

「はい。問題なしです。お任せください。いつ出撃命令が出ても大丈夫なように、コンディション調整は万全です」

「ほう。それは心強いな」

「皆、よくしてくれています。他国の母艦に降りたのは初めてでしたが、なんらストレスはありません。同じ境遇の仲間もおりますし」

　そこで、村山のアンバーの瞳が輝いた。

（そこだよ）

　堂島が吹きだしそうになるのをこらえる。

　言うまでもなく、村山の頭にはイギリス空軍のカイル・フィリップス大尉の存在がある。好意を持つ異国の貴公子と、ひとつ屋根の下ならぬひとつ甲板の下で過ごせるとは、村山にとっては災い転じて福となすだ。

　村山にとっては戦地であるここに来たのは、苦痛どころか、むしろ楽しみですらあったのだ。

（まあ、そうでもなければね）

　堂島は、今度は温かい目で村山を一瞥した。

　いくら自衛官とはいっても、二十代半ばの女性であることに変わりはない。

　内地で普通に働いている同級生あたりは、流行のファッションに身を包み、食いだおれとか旅行を楽しんでいたりするだろう。

　そこで、血なまぐさい戦場にいて、命の保証もない毎日を過ごすのだ。

こういう夢や期待が少しくらいあってもいいと、堂島は村山を見守りたかった……が問題もある。

フィリップス大尉は本国にれっきとした恋人がいると公言していたし、あのバートンさんというパートナーも気になる。

エミリア・バートン――フィリップスのウィングマンを務めるグラマラスで長身の少尉である。

（私だったら、バートンさんだけどなあ。あの翠眼と白い肌は、男ならいちころだと思うけどね。いやいや、まあいい）

恋の競いあいも、度を超えなければまだいい。

「あ、流れ星」

村山が無邪気に南の空を指さした。

「今日、多いですね」

子供のような屈託のない笑顔を見せる村山と違って、堂島は怪訝そうに首をかしげた。

「今晩だけでもう四つも見たような気がします。流星群でも来ているのでしょうか」

（始まったか）

「一佐、どうかなされましたか？」

「あ、い、いやな。きれいなものだな」

呆気にとられるところを指摘されて、与謝野は慌ててとりつくろった。

堂島や村山は知らなかったが、与謝野はその真相を知っていた。

あれは流星群や隕石の類ではない。あれは大気圏外での人工的な爆発の光や、大気圏に墜落して燃える人工衛星が放つ光なのだ。

アメリカ軍はサイバー空間での反撃強化に加えて、宇宙空間での攻撃にも踏みきったのである。

中国の人工衛星を破壊して通信を遮断するとともに、衛星を介した情報網を破壊する。

中国版ＧＰＳと言える北斗衛星測位システムを機能不全に陥れれば、軍事的効果もはかりしれない。

中国軍のＩＳＲ（Ｉｎｔｅｌｌｉｇｅｎｃｅ，Ｓｕｒｖｅｉｌｌａｎｃｅ ａｎｄ Ｒｅｃｏｎｎａｉｓｓａｎｃｅ 情報・監視・偵察）能力は大きく損なわれることになるだろう。

それは地表での戦いに、おおいに貢献すること間違いなしだ。

もっとも、中国軍も宇宙空間での戦争にまったく無頓着なわけではない。

現代の戦争において、人工衛星はもはや欠かすことのできない情報収集ツールのひとつとなっているし、科学技術が進歩するにつれて、その価値は今後ますます高くなっていくであろうことも確実視されている。

以前はどこになにがあるか、ぼんやりと、それも一日に一回しか確認できなかったものが、複数の人工衛星を連携させることと、個々のカメラの解像度も大幅に上がったことで、今となっては二四時間の監視も可能、かつ数十センチメートルの誤差で兵器を誘導できるようになってきたと言われている。

すなわち、宇宙を制するものは、世界を制す、となってくる。

だから、米中ロ三国は宇宙空間での戦争をリアル、サイバーに次ぐ第三空間での戦争と位置づけて、研究を進めてきた。

地上や大気圏内からの攻撃兵器の可能性検討や、衛星そのものの武装化、さらには体当たりさせて他国の衛星を破壊しようという自爆衛星すらも、研究開発の対象とされてきた。

敵の宇宙空間での活動を阻害すれば、リアル戦争の勝利に近づく。

宇宙空間での戦争に勝利した者が、リアル戦争でも勝利できることとなる。

ただ、この方針において、アメリカ軍と中国軍とを比べた場合、アメリカ軍は二歩も三歩も先をいっていた。

アメリカ軍はこの分野での衝突も将来避けられないものと考え、四〇年以上も前の一九八五年にはボーイングF－15イーグル戦闘機を使った対衛星破壊ミサイル発射実験を実行し、人工衛星の破壊に成功していたのである。

そこから着々と構築してきた宇宙空間での戦闘体制が今、解放されたのである。

その数々の攻撃兵器が今、中国の人工衛星に襲いかかっていた。

中国軍の弱体化は避けられないだろう。


もちろん、日本もこうした事態を傍観してきたわけではない。

五年余り前に公表された安全保障関連三文書のなかで、スタンドオフ防衛能力や無人アセット防衛能力の獲得とともに、領域横断作戦能力の向上、強化が謳われ、宇宙での活動と仮想的に対する優位性獲得が目的化された。

航空自衛隊内の宇宙関連組織も、宇宙作戦集団に格上げされたのもこのときだ。

しかし、それから五年では、まだまだ米中ロの背中は遠い。宇宙空間での空自の作戦能力は初歩的にすぎた。

(やはり、アメリカは図抜けている)

与謝野も、そう認めざるをえなかった。

中国やロシアが反米、対米に血眼になろうとも、そして独立性の確保や独自性の確立を掲げて、自分たち空白が自主自立、能動的に研究開発を進めようとも、まだまだアメリカ軍には遠くおよばない。

悔しいが、それが現実だった。

しかし、幸いにもアメリカ軍は敵ではない。同盟国として、今はその力の恩恵にあやかりながら、自分たちは自分たちの国益を優先に動けばいいと、与謝野は思考を切りかえた。それも国家戦略のひとつである。

与謝野は天を仰いだ。

日本人には珍しいグレーの瞳が見つめる先で、またひとつ橙色の光が、流れながら消えていった。

二〇二八年五月六日　東シナ海

長距離攻撃には高度なISR能力が必要とされる。遠距離にある目標の移動を追尾し、着弾点を正確に予測、特定するとともに、攻撃兵器を精度よくそこに誘導していくために必須となるからである。

そこで、多国籍軍としては、その「目」を潰しにかかった。

それは宇宙空間だけではなく、海上でも試みられていた。

「作戦予定海域に達しました」

夜間照明の薄い赤色の光の下で、潜水艦『たいげい』先任伍長会田順二海曹長は報告した。

「しかし、司令部もとんでもない作戦を考えるものですなあ」

会田の言葉は、不平不満からきたものではなかった。にやにやとした表情は、ぞくぞくした期待や興奮によるものだった。

「ほとんど無休ですまんがな」

「問題ありません。本艦はそれだけ信頼されているという証ですから。我々一同、それを誇りに思っています」

一同を見渡した自衛隊のハーロックこと、艦長向ヶ丘克美二等海佐に、会田は胸を張ってみせた。

「誰一人、疲れたなどと言わせませんよ。休暇はたっぷりいただきます。戦争が終わったら」

「すまんな。数ある潜水艦のなかで、本艦ならばやり遂げられると白羽の矢が立った。きっちりこなして、勲章でも特別ボーナスでも好きなだけ要求してやろうじゃないか」

向ヶ丘の言葉に、一同が笑みを見せた。

それだけ上層部から信頼と期待を集めているという証拠である。それを七〇名の乗組員は皆、わかっていた。

『たいげい』の乗組員はカリスマ性のある向ヶ丘の下で、よくまとまっていた。

会田の目配り、気配りが兵の細かいところまで行きわたっているのも見逃せなかった。

だから、『たいげい』は他艦では困難と思われる任務も、粛々《しゆくしゆく》と遂行してきた。

開戦前から母港を離れ、中国北海艦隊を相手に東シナ海海戦を戦い、その後、フィリピン海まで進出して艦隊決戦にも参戦してきた。

必然的に潜航時間も長くなり、疲労やストレスがないといえば嘘になるが、個々人がうまく心身の調整を行ってきた。

潔癖症の向ヶ丘も普段と変わらずに、きちんと身なりを整え、トレードマークといえる口上の髭も毎日きちんと揃えていた。

『たいげい』は今、黄海の出口から南南西に二〇〇海里あまりの海中にあった。

任務は単なる哨戒ではない。

会田が言う「とんでもない任務」とは、なんと潜水艦を使った対空戦闘だった。

言うまでもなく、目標が一般的な機体であるはずがない。

「『たいげい』は秘密裡に浙江省温州湾沖五〇海里付近の敵性海域まで進出し、大陸から飛来する敵ＡＥＷ（Ａｉｒｂｏｒｎｅ Ｅａｒｌｙ Ｗａｒｎｉｎｇ 空中早期警戒機）を撃墜すべし」

それが、『たいげい』に課せられた任務だった。

中国海空軍はステルス機の奇襲を警戒して、ＡＥＷをあまり遠方まで飛ばしてこない。そのぶん、航空作戦は委縮することになるが、ＡＥＷはそうまでしても失いたくない価値ある存在なのである。

逆に日米台からすれば、それを叩くことが中国軍への痛打となる。

だから、この破天荒な作戦が計画された。


潜水艦にとっては、航空機は天敵である。

第二次大戦で、通商破壊戦に猛威をふるっていた潜水艦を黙らせたのも、ハンターキラーと呼ばれた小型の護衛空母とその艦載機だった。

潜水艦側も艦上に設置した機銃で応戦する例もあったが、そもそも速度が違いすぎるので、そのほとんどは航空機の一方的勝利に終わったとされている。

現代の潜水艦は当時の可潜艦と違って、常時潜航が前提であって、対空戦闘などは、はなから考えられていなかった。

ドイツで魚雷発射管を使ってＳＡＭ（Ｓｕｒｆａｃｅ ｔｏ Ａｉｒ Ｍｉｓｓｉｌｅ 地対空ミサイル）を撃ちだすことが考案されたときも、あえて敵機に攻撃されるリスクを増やすだけだと、否定的な意見が多かった。

だが、手段や選択肢が多いことは、メリットこそあれ、デメリットはない。

極めて特殊な条件や限られた範囲で、それが必要とされるときがくる。

それが、まさに今だった。

ステルス機でも容易に近づけない危険な空域でも、潜水艦ならば接近できる。

海洋だからこそ成立する作戦だった。

わかりやすく言えば、潜水艦のステルス性を活かして敵勢力圏内深くへ侵出し、敵ＡＥＷをピンポイントで撃墜して帰投せよという、一撃離脱の奇襲作戦である。

敵の対潜戦闘能力は自分たちに比べて劣るとはいえ、さすがに二度めのチャンスはないはずだ。

敵も海空の守りを固め、次に来たときは「飛んで火にいる夏の虫」ということになるだろう。

一度きりのチャンスを確実に活かすことが求められていた。

「対空戦闘用意。全門ＳＡＭ装填」

向ヶ丘は命じた。

ここに再度来られるかどうか以前に、ＳＡＭを放つのも一回に限られる可能性が高い。攻撃して自分の存在を露呈すれば、すぐに対潜哨戒機が急行してくるだろうからだ。

（一度で仕留める。しくじるな）

切れ長の目が、鋭さを増す。

「浮上する。目標捕捉次第、攻撃開始」

海中からでも撃ちだすことはできるが、さすがにあてずっぽうで目標は撃墜できない。

レーダーで目標を捕捉して、ロックオンすることが必須となる。

味方のＡＷＡＣＳもここまで無理に前進して来

られないため、ここは自前の情報に頼るしかない。

敵の行動パターンは把握できており、目標直下に浮上する予定だったのだが……。

「機影なし。目標、見あたりません」

「潜航せよ。深度二〇〇」

迷いなく向ヶ丘は命じた。

今、こうしている間にも、逆に敵のレーダー波が『たいげい』にぶちあたっているかもしれない。

もたもたしていれば、自分たちが標的になりかねないと、向ヶ丘は即断したのである。

向ヶ丘は正面を向いたまま表情を変えなかったが、その胸中では様々な思いが交錯していた。

やはり、そうそううまくいくはずがない。

海中を何百海里も走ってきて、空をゆく目標の直下に浮上するなど、そもそもが奇跡を願うような作戦だったのではないか。

上層部も一〇〇パーセントの達成率を見込んでいたわけではない。危険を承知で出していることもあり、作戦行動が軌道を逸れた場合は、ただちに中止して帰投することが許されている。

「艦長……」

会田が一転して苦い顔を見せた。浮上前の自信たっぷりだった表情が一変し、口調が沈んだものとなっている。

会田としては、作戦中止と判断した。

「残念です」という言葉が口を衝いて出るところだったが、向ヶ丘の考えは違った。

「俺は諦めの悪い男でな」

向ヶ丘は不敵に笑った。

「敵の攻撃に備えよ。些細な変化も見逃すな。深度三〇〇まで潜航」

向ヶ丘は一連の指示を出してから、会田へ顔を向けた。

「敵の出方を窺う。敵が対潜行動に出たら撤退する」

「出なかったら……」

「五分おきに様子を見る」

一瞬、驚いたような顔を見せてから、会田はなんともいえない引きつった表情を見せた。吹きだしそうになるのをこらえ、興奮と期待とを混ぜた表情だった。

向ヶ丘がやることは、会田の想像を超えていた。

幸い、敵の攻撃はなかった。探知されていないということはないだろうが、せいぜい哨戒行動だろうと、さして脅威とは判断しなかったに違いない。ましてや、上空をゆく航空機が狙われるとは思ってもいないだろう。

ただ、願わくば明日再攻撃といきたいところだが、それはまずいと向ヶ丘は判断した。

今、同時多発的にこの作戦は進められている。ほかの海域で作戦を敢行した僚艦がいれば、敵の警戒は強まる。明日の再チャレンジは不可能になると考えるべきだ。

ならば、やれるのは今しかない。

そして、二度めだった。

「敵機です。単機。針路九〇。……速力変わりません」

「よし」

向ヶ丘は振りかえった。

単機ということは戦闘機ではない。速力を上げないということは、自分たちを攻撃しにきた対潜哨戒機である可能性も低い。

待ちわびたＡＥＷである可能性が高い。

「発射管扉開け。攻撃用意」

「目標捕捉。攻撃準備完了」

「全門放て」

「シュート」

メインディスプレイ上で、耐圧カプセルに入ったSAMが点滅から、撃ちだされた点灯へ代わる。

「急速潜航。深度三〇〇」

もう、ここには用がない。水上艦であれば命中まで見届けられるかもしれないが、これ以上艦と乗組員を危険に晒すわけにはいかない。

水平線の向こうから対潜ミサイルが飛んでこないとも限らないのだ。

だが、向ヶ丘や会田に限らず、多くの部下が作戦の成功を確信していた。

それは過信ではない。

しっかりとした準備と的確な作戦遂行、想定外をもたらさない細部に至る点検と整備……それらに裏づけられたゆえの結論だった。

海中から勢いよくSAMが飛びだした。海面を突きやぶったそれは、海水を振りはらって飛翔した。白煙を曳いたそれは滑らかな軌跡を描いて、見事に目標のAEWへと吸い込まれていったのだった。

第四章　シーレーン防衛

二〇二八年五月九日　フィリピン海

多国籍軍によるISR低下作戦を受けながら、中国軍もただ手をこまねいているわけではなかった。長距離のミサイル攻撃は難しくなり、海上戦力と空軍の飛行隊、そして陸軍は台湾およびその周辺で、日米台軍と一進一退の攻防を続けている。日米台軍は英豪軍をはじめとした援軍を加えつつあり、その対策は急務である。

正面戦力のみならず、敵の組織的な反抗作戦を妨害したい。

敵の体制そのものが強固になるのを防止、もしくは可能な限り遅延させたい。

それを唯一可能とするのが、潜水艦戦力だった。幸い、中国海軍には長期の作戦行動を実行できる原子力潜水艦が一定数揃っていたし、それを補う通常動力型潜水艦も、そこそこの数を擁《よう》している。

それらはこれまで台湾周辺や東シナ海での活動が主だったが、それをフィリピン海や西太平洋にまで広げて、敵の攪乱と補給の遮断をはかろうという新たな作戦が決行されたのである。

商級攻撃型原子力潜水艦の八番艦『長征16』は、南シナ海の人工島で補給を受けてから、スールー海、セレベス海を抜けて、フィリピンの南東二〇〇海里の海域に達していた。

「いい気になるなよ。日米人ども」

　強烈な反米反日思想をあらわにする艦長朱一凡《チュイーファン》中佐にとっては、積極性ある作戦は願ったり叶ったりだった。

　小柄な体形は狭い潜水艦での勤務に適していたものの、好戦的な朱にしてみれば、潜水艦の基本戦術である待ち伏せ攻撃は性に合わなかった。

　こうして敵を求めて遠征するほうが、朱にとっては気分が高揚するものだった。

　指揮する『長征16』は原子力機関を搭載しており、水中高速力、航続力とも、その要求に適している。

　朱の薄い唇が微笑に揺れる。

　ただ、かといって、朱が今の任務に手放しで満足しているかというと、そうではない。

「どうせなら、アメリカの空母でも現れてくれんもんかな。なあ。つまらんだろうよ」

　朱は自制もなしに愚痴った。

「本艦は一〇万トンクラスの敵艦をも沈められる力があるってのに、わざわざ無力な輸送船を狙うなど、どうもな」

　攻撃的な朱は、敵の戦闘艦艇、それも大物を狙いたかった。

　だが、今回与えられた任務は、敵艦隊を洋上で捕捉、撃滅することではない。

　敵の補給線寸断と、通商破壊である。

　敵は前線に戦力を集中させつつあるが、燃料や弾薬をはじめとする補給物資が継続的に供給されなければ、どんなハイテク兵器も動かないガラクタ同然となる。

　また、日本は言うまでもなく資源や食料を海外からの輸入に頼っており、そのシーレーンが途絶すれば、おのずと干あがる。

実に合理的な作戦だったのだが、感情面で朱は不満だった。

「艦長のおっしゃることには、多くの者が賛同するでしょうが」

副長孫富陽《ソンフーヤン》少佐が、視線をその場で一周させた。

孫は攻撃的に暴走しかねない朱に、適度にブレーキをかけられる副官である。常に冷静で、感情に流されない正確な分析力と判断に定評がある男だった。

「旧日本海軍が犯した愚行を繰りかえすべきではありません」

「わかっているよ」

朱は苦笑した。

旧日本海軍は戦略的にも戦術的にも攻撃偏重であって、潜水艦戦力も敵艦隊への攻撃兵器と位置づけられていた。

だが、元来潜水艦というものは、防御力や機動力といった点が脆弱であって、水上艦相手に勝負を仕掛けるには不向きな艦種だった。

ソロモン海で空母『ワスプ』を撃沈し、返す刀で戦艦『サウスダコタ』を撃破した『伊19』艦長木梨鷹一《きなしたかかず》少佐あたりは例外中の例外であって、多くは無謀な戦いを挑んだ末に、人知れず海底に沈んでいったのである。

その点、ドイツ海軍は潜水艦が活躍できる場は通商破壊戦以外にないとわりきり、潜水艦にはもっぱら商船や輸送船を狙わせた。

それは日本と同じ島国であるイギリスをおおいに苦しめ、降伏すらちらつかせるほどの大戦果となったのである。

戦略的にどちらが有効だったのかは、歴史が示しているとおりである。

朱がそれを理解していなかったわけではない。

「日本の駆逐艦やアメリカの空母は、港に係留したまま朽ちさせてやるか。我々の前に骸《むくろ》を晒すがいい」

「それが上層部の方針ですから」

孫はこくりとうなずいた。

「それに……大艦という意味では、アメリカの空母以上のものが来るかもしれません」

けっして気休めでも、はったりでもなかった。

孫の言葉には、明確な根拠があった。

敵はフィリピンに新たな海上戦力を集中させているとことがわかっているが、日本と違って、フィリピンにはそれだけの艦艇や航空機を稼働させるだけの備蓄物資はない。

つまり、オーストラリアやグアム、アメリカ本土から運び込む必要がある。


『長征16』が踏み込んできた海域は、まさにオーストラリアからの航路にあたる。また、もしかすると、南シナ海や東シナ海が通航不能となって、迂回してくる日本行きの商船にもありつけるかもしれない。

中東から原油を運んでくるタンカーなどは、たしかにアメリカ空母の倍や三倍の超巨大船のはずだった。

とはいえ、マラッカ海峡のように入れ代わり立ち代わり艦船が往来する海域ではない。

その後、二日間は、輸送船はおろか、漁船一隻すら見かけることもなく、無為にときが過ぎた。

さらに、一日、二日と過ぎていく。パッシブソナーになんら変化はなく、危険を冒して潜望鏡を上げても収穫なし。レーダーも反応なしだ。

(こうしてみると、衛星情報がないのは相当な痛

手だな）

アメリカ軍の攻撃によって、宇宙空間を使った中国の情報通信網は機能不全に陥っている。

軍事偵察衛星の多くは破壊され、用途が民間であったにしても、軍事転用可能なものは破壊対象となって排除された。

その結果、軍民問わず、中国は大気圏外からの観察、監視能力を喪失した。

軍事的には大遠距離の索敵が実施できなくなったため、敵情把握が著しく希薄、不明瞭化して、動くにしても東西南北どちらに向かってよいのか、皆目見当もつかない。

衛星情報があれば、少なくとも動きようはあっただろうにと思うものの、『長征16』や朱にそれを解決する力はない。できるのは超長波を使った通信による情報収集と、僚艦から発信される情報を丹念に分析してチャンスを探ることだ。

それによって、朱はオーストラリア北西部ダーウィンを出港した船団が、『長征16』の前方を横切っていこうとしていることを知った。

やはり、敵も無策でいるはずもなく、危険性の高い最短航路を避けて、大きく東側を迂回していたようだ。

まだ一〇〇海里以上も先で遠いが、『長征16』の水中速力ならば追えると朱は判断した。

「航海長……」

会敵するための針路と速力を打ちあわせる。

「取舵一杯。本艦針路〇六〇。強速前進」

朱は敵の面前に先回りする針路を選んだ。

側面を衝くほうが攻撃としては容易だが、獲物を逃さないほうが先決だと考えた。

会敵は半日と経たないうちに実現した。

「複数のスクリュー音探知」

（来た）

朱はにやりと歯を覗かせ、時間を確認した。

海上はすでに日没後で暗くなっている。襲撃にはもってこいだ。

「六隻、いや七隻います」

ソナーマンが双眸を閉じて集中する。両耳にあてたレシーバーを、両手で押さえて没頭する。

「アンザック級フリゲイトらしき音紋を確認」

ドイツのブローム・ウント・フォス社が開発し、オーストラリアで建造された汎用フリゲイトである。二〇〇〇年前後に八隻が建造され、その後に性能向上を狙って改装されたが、艦容は直線と曲線が入りみだれてちぐはぐになった印象を受ける。

中国海軍としても、遭遇例が多く、データの蓄積は豊富で識別は容易だった。

「…………」

朱は再びにやりとした笑みを見せた。言葉はなかったが、その笑みには「間違いない」との感触が表れていた。

計算した航路と時間との合致、オーストラリア海軍が持つアンザック級フリゲイトの確認――状況証拠から、現れたのはブリスベーンを発ったという輸送船団と断定していいはずだ。

「第三国の船だと深刻な国際問題となりかねませんが、可能性は少ないかと」

「うむ」

孫の指摘に、朱は顎をつまんで思案した。

（たしかに可能性は低い。だが、万一となると、かなり危険なことになる。中国海軍が無差別攻撃を行《おこな》っているとなれば、完全に中国は四面楚歌となってしまう。それは避けたい）

さらに数秒間考えてから、朱は命じた。

「水雷長、全門魚雷装塡。いつでもぶっ放せるようにしておけ。潜望鏡深度に浮上。目標の最終確認を行う」

朱は敵に見つかる可能性が高まるというリスクよりも、自分の失態による国家的損失のリスクのほうを優先した。

自分の目で確認すれば納得もいく。

『長征16』はゆっくりと浮上した。

幸いにもアクティブソナーの探信音はなかったが、不用意に音を発して、そこから足が付くのは避けねばならない。

緊張が高まる。

敵に近づいているということは、逆に敵からも見えやすくなるということだ。

潜水艦も日進月歩してきたが、敵の攻撃には脆弱であるということに変わりはない。

チャンスを摑もうとしている反面、リスクは加速度的に増大しているのだ。

ただ、そこで怯む朱ではなかった。

むしろ、この緊張を興奮に代えて、ぞくぞくとした快感さえ味わう朱だった。

「潜望鏡上げ」

命じつつも、グリップに飛びつき、接眼レンズに目を押しつけるわけではない。

用いるのは非貫通式のデジタル潜望鏡である。

日本の潜水艦と同じく、潜望鏡をとおして得られる映像はモニターに映しだされる。

もちろん、繰りかえし再生したり、加工したりすることも可能である。映像が録画できるのが、ここでは重要だった。

リアルでまとまった時間、覗き込む必要がない。

目標の方角はわかっているので、海面から数秒間も突きだせば十分だろう。

潜望鏡の先端が海面を突きやぶり、モニターの映像が一変して海上を映しだす。

「潜望鏡下げ」

すぐに、朱は命じた。

じっくり観察したいのはやまやまだが、それでは自ら敵を呼びよせるようなものだ。しくじるわけにはいかない。モニターの右隅に時間が表示されている。潜望鏡を出したのは、せいぜい一秒間だったようだ。

朱はもちろん、孫も映像を凝視する。

艦船らしきものが、はっきりと映っている。

ズームアップしてみる。

戦闘艦艇がいるのは間違いない。

艦体中央に一二面体の六角サイコロのような構造物が高々と据えつけられているのが特徴的である。

オーストラリアのCEAテクノロジー社が開発したCEAFAR三次元レーダーのアンテナが上半分の六面に貼りつけられているのだ。

やはり、アンザック級フリゲイトに間違いない。

それ以上に興味深いのが、その後ろを進む大型船である。控えめにみても、一万トンではきかないだろう。喫水が深まっているのは、物資をこれでもかと満載しているからであって、総排水量は二万トンに迫るかもしれない。

二〇万トンや三〇万トンの大型タンカーとはいかなかったが、上等な獲物と言っていい。

「魚雷発射用意。一番、二番、目標正面の敵輸送船」

朱は命じた。

あれはなかなかの価値がある。

フィリピンに集結している敵が欲している補給物資である。あれを海没させることで、敵の作戦には必ず支障が出る。作戦規模を縮小させたり、作戦開始を遅らせたり、といった効果が期待できる。

ところが、なにもかもうまくいくことなど、世の中めったにあることではない。

状況はここで急転した。

「敵フリゲイト、変針しました」

部下たちが、はっとして顔を上げた。

斜め前からすれ違おうとしていた敵フリゲイトが、おもむろに首を曲げたのだ。

「敵フリゲイト増速。向かってきます」

やはり、敵に見つかった。一秒間とはいえ、潜望鏡を上げたのを、敵は見逃さなかった。

海面を見張る高性能レーダーが、その痕跡を漏らさずにキャッチしたのだろう。

（まずい）

顔面を蒼白とさせる者、落ちつきなく顔を左右に動かす者——艦内の緊張感が限界まで高まろうとしていたが、朱に焦りはなかった。

敵はまだこちらの位置を特定したわけではない。すぐさま対潜ミサイルを撃ってこないのが、その証拠である。

だから、敵は確認のために近づいてきたにすぎない。

アクティブソナーの探信音がくる。独特の無機質な音が艦体を叩く。死刑判決を告げる裁判官のガベル音に等しい。

孫が朱を一瞥した。

「攻撃中止。急速潜航。最大戦速で離脱する」

そんな命令がおりるものだと思ったが、朱の判断は違った。

朱はどこまでも攻撃的な男だった。

「全門発射管扉開け。一、二番魚雷発射。続けて、残り全門も発射。無誘導でもいい。接近する敵フリゲイトに向けて、ぶっ放せ」

攻撃こそ最大の防御だと、朱の顔には笑みが躍った。そこからは「うろたえるな」と部下に言う、余裕めいたものすら感じられた。

やぶれかぶれの作戦ではない。

朱には確たる勝算があった。

「魚雷発射」

「魚雷発射」

額に滲む汗を拭う者、苦汁の表情で天を仰ぐ者、まばたきも許されない限界ぎりぎりのシチュエーションだったが、気持ちの整理も準備もする間もなく、結果はすぐに訪れた。

それだけの近距離まで、敵は迫っていたのである。


低くくぐもった爆発音が船殻を叩いた。ただ、爆発の規模は小さい。敵の対抗手段による誤爆だろうが、次の一発が強烈だった。

船殻越しでも重々しい爆発音ははっきりと聞こえ、衝撃が水中排水量六〇〇〇トンの艦体を激しく揺さぶった。

さらに痛快だったのはその後だ。

やや間を置いて、再び爆発音が伝わった。

到達までの予想を示すデジタル数字は「0」を表している。

つまり、当初の目標である敵大型輸送船も仕留めた可能性が高い。

「急速潜航、反転離脱、最大戦速」

そこでようやく、朱は離脱を命じた。

今、海中はフリゲイトと輸送船の爆沈で、雑音だらけとなっている。

その狂騒に乗じて、姿をくらまそうというのである。

「うまくいったろう?」

振りむきながら見せる朱の顔は、得意げだった。

「圧巻でした。見事というほかありません」

暴走しかける朱に、待ったをかけることも多い孫だったが、朱の積極性が見事に功を奏したのである。ここは素直に称えるべきだった。

「ああ。こんなのは序の口だ」

朱は司令塔内をぐるりと見まわした。

「日米恐れるに足らず。まだまだ本艦は暴れてみせるから、そのつもりで」

「はっ!」

口を揃える一同に、朱は不気味な声を出して笑った。

『長征16』と朱は、多国籍軍にとって明確な脅威だった。

中国海軍の潜水艦は、多国籍軍の活動を妨害する間接攻撃を強化した。

その対策は急務だった。

二〇二八年五月一一日　ダバオ

入港してきた船団は、見るからに疲労困憊といった様子だった。

湾内で投錨している艦艇からは、どよめき混じりの視線が注がれている。

オーストラリア海軍の強襲揚陸艦『キャンベラ』に翼を休めているイギリス空軍大尉カイル・フィリップスや同少尉エミリア・バートン、日本の航空自衛隊一等空尉堂島樹莉、同二尉村山はならも、その輪のなかにあった。

「酷い有様だな」

フィリップスは低くうめいた。

輸送船は大小あるが、マストが折れ、船上に破孔が目立つ船がいくつもある。さらに船首がもぎとられたり、あからさまに傾いたりしている船もある。

それこそ、命からがら辿りついたという印象だ。

ブリスベーンからここまでの航海が、どれだけ厳しいものだったのかを、無言で物語る姿だった。

護衛のフリゲイトも艦体に汚れが目立つ。激しい戦闘や損害対処のなかで、炎にあぶられたり、爆煙を浴びたりした末のことだろう。

聞けば当初二隻だった一隻は、敵潜水艦によると思われる雷撃で轟沈したという。

船団は複数回にわたって、敵潜水艦の襲撃に遭ったという。

特に初回の攻撃では二万トン級の大型輸送船が沈められ、オーストラリア海軍のフリゲイト一隻も道連れにされたらしい。

輸送船の損害は自らが攻撃を受けたものではなく、爆発に巻き込まれたり、延焼したりといったものもあるだろう。

いずれにしても、えげつない攻撃である。

その場にもし自分たちがいたらと思うと、身の毛がよだつ思いだった。

多くのパイロットにとって、空で死ぬのは怖くない。

しかし、自分が思うように飛べない、すなわち愛機に搭乗しておらずに、海上や陸上にいるときに最期を迎えるのはなかなか受けいれがたいものであると、異口同音に言うものだ。

歴史を振りかえっても、名のあるエース・パイロットが陸上で事故死したり、輸送機もろとも水底に沈んだり、という事例もけっして少なくない。

第二次大戦後、シーレーンを脅かす潜水艦の攻撃は八〇余年間、鳴りを潜めていたのだが、それが突如として牙を剝きはじめた。

アジア周辺の海洋は、八〇余年前の混沌とした時代に逆戻りしたのである。

「原潜の仕業なのでしょうね」

「ああ。まず間違いないだろうと自分も思う。オーストラリア海軍のフリゲイトも追撃を試みたが、振りきられたという話だ」

（やはり原潜か）

フィリップスの答えに、堂島は深い息を吐いた。

海上自衛隊も世界有数の潜水艦戦力を有しているものの、保有する潜水艦はすべて通常動力型の潜水艦である。

世界で唯一の被爆国であり、第二次大戦の敗戦国である日本では、軍事力そのものの保有が憲法で禁じられている以上に、原子力というキーワードを必要以上に忌避する国民性が培《つちか》われてきた。

原子力の兵器利用などもってのほかと、絶対的にタブー視されてきたのだ。

もちろん、核爆弾や核弾頭ミサイルといった大量破壊兵器は論外としても、機関としての原子力には安全管理のリスクを負ってでもあまりあるメリットがあり、純軍事的価値と対費用効果を説いて、その導入を訴える技術者が過去何人もいたのも事実である。

しかし、それらはいずれも検討段階で却下されている。

日本の国家世論は、まだ「戦後」の呪縛から脱却できていなかった。

原子力そのものが悪、原子力の利用は危険思想として排除される。

それが、いまだ成熟できていない日本の実情だった。

だから、自衛隊はその点で大きな足かせをはめられての活動を余儀なくされてきたのだった。

その最たる例が、潜水艦だった。

いくらAIP（Air Independent Propulsion 非大気依存推進機関）だ、大容量リチウムイオンバッテリーだ、といっても、原子力機関との性能差は歴然としており、そこには埋めきれない大きなギャップがある。

その顕著な例が水中高速力だった。

中国海軍の攻撃型原潜は、それを活かして一撃離脱の攻撃を見事に成功させてみせたのである。

「ああ怖い。そんなのに狙われたらどうしよう」

「…………」

フィリップスの気を惹こうと、可愛い子ぶって甘えた声を出した村山だったが、それは完全不発に終わってしまった。

フィリップスからはなんの反応もなく、微妙な空気が流れる。

頬を膨らませて口を尖らせる村山に、堂島は吹きだしそうになるのをこらえるのが大変だった。

「敵潜水艦の活動はこの周辺に限らず、沖縄方面でも活発化してきていると聞いております」

「どうやら、敵は戦術転換をしたようだ」

バートンにフィリップスが続いた。

「我々が加わったことで、戦線が拡がった。これまで敵は台湾に全力を傾注していればよかったものの、そうはいかなくなってきた。そこで、敵は正面対決だけではなく、こうして補給線の寸断を狙ってきた。

我々はアメリカ本土やオーストラリアからの海上輸送に頼らざるをえませんから。それに対して敵は」

「すぐそこの大陸で、いくらでも補給できる。まずいですね」

堂島が後を引きとって、目をしばたたいた。

それ以上にまずいのは、敵が無差別攻撃に出てきたら、だ。

軍事的補給線への攻撃ならばまだいい。しかし、それが完全に民間の貿易路が脅かされるとなれば、我が国そのものの存立危機となる。

これまでチャイナ・クライシス、つまり中国と日米が事を構えれば、長期戦になればなるほど軍事的な実力差が出てきて、日米が有利であるという見方が一般的だった。

だから、自衛隊としては敵の初期攻勢を可能な限り凌ぎ、反撃はアメリカ軍の本格的な増援がきてから実施すればよいという、基本的な考えもあった。

しかし、必ずしもそうではない。

意外にも、こんな簡単な落とし穴もあったものだと、堂島は唇を噛んだ。とはいえ、日本の防衛省としても、多国籍軍としても、まったくの無策であるはずもない。

このまま手をこまねいて見ているほど、お粗末な組織では、戦えるはずもない。

「こうなってくると、自分たちもうかうかしてはいられません。深刻な事態になる前に、打てる手は打つ。拡大任務も覚悟せねばならないでしょうね」

フィリップスは視線を流した。

駐機しているF－35Bの向こうから、帰還してくるヘリが近づいてきていた。

二〇二八年五月一四日　バリンタン海峡

歴史は繰りかえす。

罪深い生きものである人は、同じ過ちを繰りかえす。

悲嘆にくれ、絶望に嘆き、失望の涙をいくら流したかも忘れ、人は再び海洋を不安と恐怖の場に変えてしまった。

八〇余年前の大西洋が、すっかり移動してきたかのようだった。

西太平洋は敵潜水艦が跋扈する、非武装の民間船が行き来できない海洋と化したのである。

そして、これも同様。ハンターが出れば、ハンターキラーも出てくる。

八〇余年前の大西洋と同様に、海中で爪を研ぐ潜水艦が出現すれば、その活動を阻止すべく、沈めにくる哨戒機とそれを載せる母艦が現れるのは必然だった。

多国籍軍は日本から台湾、フィリピンへとつながる東岸で、大規模なハンターキラー作戦を敢行した。

シーレーンは多国籍軍にとっても命綱であり、シーレーンの防衛と確保は、多国籍軍にとって対中戦勝利の必要条件でもあった。

ところが、海上自衛隊が有力な対潜戦力を有しているとはいっても、これだけ広い海域など、とうていカバーできるものではない。

よって、作戦遂行にはかなりの無理が出てくる。

奇策も必要になる。

それが、イギリス空軍大尉カイル・フィリップスが言う「拡大任務」だった。

フィリップスと、そのウィングマンを務めるエミリア・バートン少尉らを載せたオーストラリア海軍の強襲揚陸艦『キャンベラ』は、フィリピン北部のバブヤン諸島とバリンタン諸島をつなぐバブヤン海峡の東で、ハンターキラー作戦に従事していた。

いくらソナーやレーダーが発達しても、広大な洋上で敵の輸送船や商船という目標との遭遇を期待するのは、あまりに非効率すぎる。

ゆえに、潜水艦が潜む場所や狙いたくなる場所というのは、自ずと決まってくる。

目標が必ず通過する港湾の出入り口付近や、航路として避けられない海峡の出口。そこは潜水艦にとっては、狙い目の場所となる。と、同時にそれを狩る側にとっても、優先的な活動の場となるわけである。

およそステルス機とは縁のない任務……のはずだったが、フィリップスは淡々と任務をこなしていた。

イギリス空軍第六一七飛行隊「ダムバスターズ」(RAF 617SQ)は、仮の母艦である『キャンベラ』とともどもハンターキラー作戦に加わった。

敵潜水艦の動きを封じねば、自分たちの活動もままならない。

最悪、フィリピンで足止めを食らっている間に、朽ちて終わり。敵に捕獲されるくらいならば、自爆処分などということも、まったくないとは言いきれない。

自分たちにも直接関係のあることであって、隊員たちの士気は高かった。

ステルス機といえば、ステルス性を活かした空対空戦闘や、敵地深くへ強行侵入しての要所の爆撃こそが、適切な任務と思われがちだが、それだけではない。

そもそもF－35はマルチロールファイターとして開発された機であって、多種多様な任務をこなせる作戦の柔軟性が高い機である。

特にB型はSTOVL（short take off／vertical landing短距離離陸・垂直着陸）機ゆえに、A型やC型とはまったく違った運用が可能であって、それがこの作戦に従事できる最大にして不可欠な要素だった。

（邪道かもしれんが、案外いけるものだな）

フィリップスは洋上でホバリングを繰りかえしていた。

A型やC型では絶対に真似のできない芸当である。

ハンターキラー作戦は、洋上を丹念に探って敵潜水艦をあぶりだすところから始めねばならない。地道な作業であって、高速力はむしろ邪魔にすらなる。

多国籍軍内で、対潜ヘリの数はとても十分とは言いがたい。

そこで、F－35Bの出番となった。

「航空優勢の獲得や敵空軍戦力の撃滅という目の前の課題があるだろう。我々はそのために遠いアジアまで出向いてきたのではないのか」

そんな反発も一部にはあったが、燃料や弾薬が尽きてはそれどころではないとの切実な理由の前に、それらの声はかき消された。

「ディッピングソナー投下」

フィリップスは空中停止する機から、直下の海面にソナーを下ろした。

ディッピングソナーとは、吊り下げ式の小型ソナーである。

艦艇に搭載したソナーに比べれば探知範囲は二海里ほどと狭いものの、航空機に搭載することで艦艇が発する雑音が排除でき、より繊細な変化に対応できる。

可変深度ソナーであることから、変温層の下の目標に対しても有効という長所もあった。

風圧で海面は白くさざ波立ち、F−35の特徴的な機影がそこに揺れる。

短めの機首、尖ったエアインテーク先端、台形の主翼などだ。

「反応なし」

反応がなければ、次のエリアに移る。すぐに目標が見つかるほど楽な仕事ではない。

逆に簡単に見つかるほど多くの敵潜水艦に侵入されていたら、シーレーンは今以上にずたずたにされていたことだろう。水上戦力はその護衛だけで手一杯になっていたかもしれない。

そうならないためにも、危険な芽は摘んでおく必要がある。

半日ほどしたところで、ついにフィリップスは敵の尻尾を掴んだ。

「ファルコン1よりファルコン2。ソナーに感あり。つかめているか？」

「こちらファルコン2。データリンク良好。敵潜らしき反応、共有しました。攻撃を開始します」

「よし。やってくれ」

バートンの返答に、フィリップスは即答した。

上空を旋回していたバートン機が高度を落とす。

これは共同作業になる。敵潜を探すのがフィリップスの役目、すかさず沈めにいくのがバートンの役目ということだ。

目標をようやく見つけて攻撃のチャンスを得たものの、警戒は必要である。

敵潜水艦としては、取りうる選択肢はふたつある。ひとつは全力で深海へ逃れようとする策。これは徹底的に敵の攻撃を免れようと、より遠くへ逃げて敵の失探を誘うことが狙いとなる。

もうひとつは開きなおって立ちむかおうという策。こちらは攻撃こそ最大の防御とばかりに、逃げるのではなく、思いきって撃退しようという狙いとなる。

なくはない。

現に日米の潜水艦が秘密作戦で敵のＡＥＷ狩りを行ったという噂が、風の便りに聞こえてきたくらいだ。

潜水艦にも相手の攻撃手段があることを、一応頭に入れておく必要がある。

だが、フィリップスが発見した潜水艦の艦長は、前者を選んだようだ。浮上して攻撃してくる様子はない。

「Ｇｏ、Ｇｏ、Ｇｏ、Ｇｏ」

バートンが対潜ミサイルを投下した。

パラシュートを開いて、ゆっくりと空中を落下したそれは、海面に着水するや否や、弾頭の短魚雷を切りはなした。

短魚雷は、一転して海中を高速移動して目標へ向かっていく。

あとは魚雷の自律誘導に任せればいい。アクティブソナーの探信音を放って、その反射音を辿って向かっていく。

目標の撃沈を確信したフィリップスだったが、

そこで事態は急転した。

「未確認機接近！」

バートンが警報を発した。

「三時方向」

「ラジャ。……ゴースト？」

不鮮明だった。

たしかに、レーダーにもＩＲＳＴ（Ｉｎｆｒａｒｅｄ Ｓｅａｒｃｈ ａｎｄ Ｔｒａｃｋ ｓｙｓｔｅｍ 赤外線探知追尾装置）にも反応があるように見えるが、点いたり消えたりといった印象だった。

（まさか、ステルス機か？）

「任務中止！」

けっして、フィリップスの判断が遅れたわけではなかったが、その間に敵機は視界内に飛び込んできていた。

ステルス機どうしの空戦は、お互いに発見しにくいために、遭遇戦となりやすい。

この対中戦で予測が現実となったそれの、再現だった。

太陽は大きく西に傾き、その夕日を背負って現れたために、肉眼では非常に見づらい。古典的な手法だが、使えるものはなんでも使ってやろうという敵の意思が感じられた。

機数は二機だ。

側面から超音速で距離を詰める敵機に、捜索機器がようやくはっきりと、その出現を告げる。

「遅いんだよ！」

悪態をつきながら、フィリップスは機体を翻《ひるがえ》した。

「対潜兵装はすべて投棄してかまわん。応戦しつつ……」

そこで、フィリップスは敵機と交錯した。

空中に投げすてた対潜ミサイルを蹴散らすようにして、敵機がかすめていく。

「J－35！」

F－35に近似させつつ、尾翼をF－22のものに代えて双発機にしたかの機影である。

中国海軍の新世代艦上戦闘機だった。

（敵も対応が早い）

現れたJ－35は恐らく台湾南岸で行動する空母から飛びたったものだろう。大陸から来るには、航続力が足りないはずだ。

その海域にいた空母は、台湾侵攻作戦の支援――多くは航空優勢の確保にあたっていたものと思われるが、自分たちがハンターキラー作戦を強めたことから、その妨害に出てきたものだろう。

素早く背後をとろうとするJ－35に対して、フィリップスは急旋回で対抗した。

J－15でなかったのが、逆によかったかもしれない。

幸いにも、敵にロックオンされてAAM（Air to Air Missile　空対空ミサイル）が追ってくるという状況には至っていない。

J－35はステルス機ゆえに、運動性能は多少犠牲になっているとみていいはずだ。

これがフランカー系列のJ－15だったならば、定評のある優れた運動性能で、もっと追いつめられていたかもしれない。

WVR（Within Visual Range　視程内）戦となれば、ステルス機の優位性は大きく損なわれることも合わせてだ。

ただ、かといってJ－35が与しやすい相手かといったら、そうではない。二対二ならいけると、機数が同じだからと軽く考えるのも禁物だ。

ここで空戦に引き込まれるのは得策ではないと、フィリップスは判断した。

「ファルコン1よりファルコン2。空戦に応じる必要はない。撤退する。挑発にのるな」

正しい判断だった。

フィリップスとバートンは対潜作戦任務で出撃してきたため、AAMは自衛用のサイドワインダー二発しか積んできていない。

空戦が長引けば、たちまち牙を失って、一方的に攻撃されるだけの憐れな存在となりかねない。

そこで、「ついでに敵ステルス機撃墜という手土産を持って帰ろう」などと欲を出すのは、自ら墓穴を掘ることになりかねない。

「ファルコン2。援護する。速やかに戦闘空域を離脱せよ」

「ラジャ」

フィリップスはいつもとは逆に、バートン機の後ろについた。

ここで、バートン機を追っていた機を押しのけた。

F－35に似たJ－35の背面が、夕日を浴びて真っ赤に染まる。海面に向かって高度を落とすそれが、再び食らいついてくるには時間がかかる。

次にもう一機を狙うと錯覚させ、それが急加速した瞬間に、鮮やかに二機揃って反転をかけた。

観音開きのように左右に分かれて旋回したバートン機とフィリップス機は、U字を描いてフル加速した。

左右のカーブド・ダクトが旺盛に大気を飲み込み、一段とエンジン音が高鳴る。

対赤外線ステルスを意識して、いつもは使用を控えているアフター・バーナーにも点火する。

赤い夕陽を、さらに炎で赤くあぶる。

敵が深追いしてくることはなく、二機は脱出に成功した。

ただ、ハンターキラー作戦を進めるうえで、また新たな課題が見つかったのは問題だった。

敵もおとなしくはしていない。

なにかすれば、敵もその対策を講じてくる。

このまま作戦続行とはいかない。

常に警戒と注意を怠りなくというのは当然であるし、なんらかの対応も必要だった。

二〇二八年五月一八日　バブヤン海峡

航空自衛隊第五〇一飛行隊に所属する堂島樹莉一等空尉と村山はな二等空尉の二人もまた、ハンターキラー作戦に従事していた。

現在地は、ルソン島北端とその北にあるバブヤン諸島とに挟まれたバブヤン海峡の東南東五〇海里の海上である。

母艦はオーストラリア海軍の強襲揚陸艦『キャンベラ』から同型艦『アデレード』に代わっている。

ハンターキラー作戦を大規模に進めるうえで、多国籍軍としての編成を見直した結果のことだった。

日本も多国籍軍の一員であるとの存在を示すためとの理由で、二人は日本へ帰国せずにこの任務に加わっている。

それはいい。

（司令がすまないとまで言ってくれているんだ。ふたつ返事で受けるしかないでしょうに）

堂島は上官である第五航空団飛行群司令与謝野萌一等空佐を敬愛している。

与謝野が直々の言葉で伝えてくれた任務ならば、たとえ火の中水の中くらいの酔った気持ちでいた。

命令だと流せば、それで済むことを、司令はあえて直接自分の言葉で伝えてくれた。

そうした気遣いまでしてくれる上司の期待には、期待以上に応えたい。

ただ、世の中、すべてうまくいくことなど少ない。任務を進めるうえで、納得いくことばかりが揃っているわけではない。

厄介者が付いてくるのは余計だった。

「潜水艦狩りはいいけどさ。あれはいらないよね」

村山はあからさまに嫌悪感をのせた声を発した。

二人の前後には、アメリカ海兵隊のF－35B二機が付いていていた。

そう、アメリカ海兵隊第一二一海兵戦闘攻撃飛行隊（VMFA－121Green Knights）所属のジェイソン・テイラー大尉とデレク・ビットナー中尉である。

「あんなの、いらないでしょうに」

無線を拾われている可能性など無視して、村山は本音を吐露した。

日本語ならばわからないだろうという考えなども関係なかった。それだけの忌避感だった。

「護衛にねえ」

堂島も嘆息した。

四日前、やや北の海域で同種の任務に従事していた味方が、敵機の襲撃に遭った。

敵はルソン海峡を超えて、フィリピン東岸まで侵出してくる。

たとえ、台湾から外れた海域でも、敵戦闘機への備えをしておかねばならないという戦訓だった。

そこで、護衛が就いた。

それはいい。……あの二人でなければ。

昨年七月の合同演習後の懇親会でナンパしてき

た男だ。その前の模擬空戦でも、反則すれすれの手を使いながら、自分たちを打ちまかしたと豪語している。

（戦友として見ているならまだしも、まるで少女扱いだから参る）

心底気に入らない男たちだ。

それなのに、また絡んでこようとする。しつこい。

（もしかしたら、私たちが出るからと、志願したのかもしれない）

堂島も顔をしかめた。

「オジョウチャン」

（来た）

テイラーの毛深い赤毛の顔が思いだされた。

「空の方は心配いらないから、海に隠れている敵をつついてやってね」

（もう）

調子が狂う。女だからとまとわりついているだけならまだしも、テイラーの声には明らかな女性蔑視と人種差別思想が窺えた。

どうせたいしたことはできないといった様子だ。

村山は言葉にならない叫びをあげてから、無線を切ったようだ。

（参ったな）

堂島としても、お手あげといきたかった。

とても任務に集中できる精神状態ではない。

任務を放棄して母艦に戻りたかったが、それはできない。これは空自の単独任務ではない。多国籍軍としての任務なのである。

自分たちは国を背負って、ここにいる。

自分たちが抜けたら、それは日本という国が多国籍軍に亀裂を生じさせることになる。

日米英豪比越らで緊密な連携を組んで中国に対

抗していこうというところに、背を向けることになりかねないのである。

そんなことは絶対にできない。してはいけない。与謝野司令に合わせる顔がなくなる。

悪いことばかり考えるのではなく、まだましと考えればいいと、堂島は軽く頭を振った。

反撃されるリスクが低い対潜作戦だったからまだしも、これが戦闘機相手の空戦だったら、とても従事できないところだ。

「さあ、始めるよ」

不承不承に村山が付いてきた。

揃って、高度を落とす。

敵潜水艦を探すのが堂島、見つけた敵を攻撃するのが村山という役割分担である。

（まさか、本当にこれをする日がくるとは）

対潜訓練と聞いたとき、第五航空団のパイロットは皆目を丸くして、驚きの表情を見せたものだった。

他国の軍に比べて、海上自衛隊は特に対潜能力について定評があったし、それなりに戦力も充実していると思っていた。

たしかに、機体の特性上、Ｆ－35もＢ型ならば対潜作戦への従事も不可能ではないが、空自での位置づけは当然空対空任務が主であって、せいぜい対地対艦任務がわずかと考えていると聞かされていた。

Ｆ－35は究極的なマルチロールファイターだからと対潜訓練もこなしたが、それはあくまで「こうしたこともできる」という確認にすぎないと思っていた。

それがいざ実戦となったら、早速実行の機会が訪れた。

備えあれば憂いなしとは言うものの、まったくの予想外だった。

「ソナー投下」

ホバリングの風圧で白く波立つ海面に、ディッピングソナーを下ろしていく。

「稼働よし」

「感なし。磁器探知機にも反応なし」

「敵潜の兆候なし」

空振りだ。そうそう簡単にいてもらっては、逆に困る。捜索海域を北に移していく。

「異常なし」

徐々にバブヤン海峡入口に近づいていく。

敵潜がいる確率も高まるが、それとともに航空優勢も混沌として危険な空域にさしかかってくる。

「護衛機は?」

だいぶ離れたようだ。警戒域を広げるための措置だろう。

そこで「事件」は起こった。

「おい！　どういうつもりだ。ふざけている……馬（鹿！）」

「え？　なに!?」

唐突に飛び込んできた声に、堂島は振りかえった。

声の主はテイラーだったが、それが爆発音にかき消されたように聞こえた。

鳶色の眼が上空を仰ぎ、その視界の一角を閃光がよぎる。

「え!?　なに?」

「クロウ1。あれは?」

さすがに村山も無線を入れて寄ってきた。

まさか……誤射?

レーダーの反応から、機影がひとつ消えていた。

テイラー機だ。状況からいって、テイラー機がなんらかの事故を起こしたか、巻き込まれたかして、四散したとみるのが妥当と思われる。

「……ストーム2、フロム、クロウ1。レスポンス、プリーズ（応答ねがいます）」

思いだしたように、堂島は呼びかけた。

「ストーム2、フロム、クロウ1。レット、ミー、ノウ、ホワットゥ、ゴーイング、オン（状況を知らせてくれ）。フロム、クロウ1」

英語で呼びかけるも、すぐには応答がなかった。

なぜか「ストーム2」ことビットナー中尉機は西へ向けて速力を上げていた。

「ストーム2。ホワッツ、ドゥー、ユー、ミーン（どういうこと）？」

「フリーダム（自由）？　ジャスティス（正義）？」

しばらくして、男の声が入った。ビットナーだ。

無口な男だったが、声はわかる。

「命を懸けて国に尽くそうなどなど、くだらん」

（な……なに）

すぐには堂島も村山も、状況や意味が理解できなかった。あまりの出来事に、頭の整理がつかなかった。思考が追いついていかなかった。

「俺は、俺の価値により多くの報酬を与えてくれる方を選んだ。それだけだ」

（それって）

そこでようやく思考が現実に追いついた。

（裏切り!?　ええ？）

刀や槍の時代ならばともかく、はるかに高度化された兵器を扱い、精神的にも組織的にも訓練された現代の兵士――しかもファイター・パイロットが反旗を翻すなど、想像だにしなかった。

信じがたいことだが、これは事実だ。

向かった方向からして、ビットナーは中国軍に投降、いや亡命する気なのだろう。

　機体の引き渡しを条件に、厚遇するとでも言われていたに違いない。

（それにしても）

　理解できない。許せない。気持ちの整理ができないまま、堂島は茫然と見送るしかなかったのだが……。

「樹莉さん、あれ！」

　村山の声だった。

「えっと。六〇度方向。上から落ちてくる」

「え？」

　堂島は振りむいた。

（あいつ）

　テイラーだった。

　白いパラシュートを開いて、ゆっくりと降りてくる。

　機体は粉微塵に砕けたが、その巻き添えにはならなかったようだ。

　被弾の直前に射出座席を作動させて、緊急脱出に成功したのだろう。

「フロム、クロウ1、トゥ、『アデレード』。レスポンス、プリーズ（応答ねがいます）。フロム、クロウ1」

　すぐに救難信号くらいは出したかもしれないが、堂島は念のため母艦へ連絡した。

「被弾したパイロットは海上に脱出した。怪我の有無、程度は不明。至急救助を求む」

「『アデレード』よりクロウ1。了解した。至急救助のヘリを向かわせる。オーバー」

　堂島はそこで深い息を吐いた。並走してきた村山と目を合わせる。

ヘルメットを装着しているので、互いの表情は窺えないが、「とんだことになったな」という思いは共通のものと思われた。

まさに、戦場ではなにが起こるかわからない。一寸先は闇。それをまざまざと見せつけられた思いだった。

二〇二八年五月一八日　沖縄近海

燃料、弾薬などを満載した輸送船団がグアムから沖縄へ向かっていた。

多国籍軍にとっての主要なシーレーンのひとつである。

アメリカ本土からグアムへいったん運び込み、そのグアムから前線にほど近い沖縄へ移すのは、戦線を支えるうえで、必要不可欠なことだった。

当然、中国海軍もオーストラリアからフィリピンへ至るルートとともに、このシーレーン破壊にのりだしてきている。

FFM（Frigate Mine Multiple 多用途フリゲイト）『もがみ』は、同型艦『くまの』とともに船団護衛に就きながら、沖縄中南部のホワイトビーチを目指していた。

ホワイトビーチはアメリカ陸海軍が共同で管理する補給港であって、沖縄で最大の米軍港である。台湾へ向けて出撃するアメリカのインド太平洋軍にとっては、直接支援の窓口となっていた。

現在、船団はホワイトビーチから見て、東南東三〇〇海里の太平洋上にある。

海上には夜の帳が下りているが、明朝には沖縄からの哨戒圏に逃げ込むことができる。

それまでの辛抱だった。

ただ、それは敵も十分承知のことである。敵が仕掛けてくるとすれば、ここしかない。

この船団が到着すれば、間接的にではあるが、敵は確実にダメージを受ける。敵としても、ただ指をくわえて見ているわけにはいかないはずだ。

逆に、この積載物資を海没させてしまっては、多国籍軍の作戦計画にも支障をきたしてしまう。旧日本海軍のように「たかが護衛」と勘違いする者は一人もおらず、重責はわかっていた。

『もがみ』艦長権藤良治二等海佐は、角張った大きな顔で状況を観察していた。部下の様子は見るからに硬い。表情がこわばっている者がいれば、動きがぎこちなく、落ちつきを失っている者もいるようだ。

ある程度の緊張感は必要だが、それもいきすぎるとミスを誘発したりして、実力が出せなくなったりする。

ここは、ひと工夫が必要だ。

「（さてと）ふぁあ」

そこで、権藤は声を出して、大きなあくびをした。もちろん、故意にだ。そこで部下の視線を集めておいて、今度は両肩を大袈裟に上下させる。

これも、あえて、だ。

「肩の力を抜け」という合図に、部下たちが一様に苦笑して応える。

意味は伝わった。

両腕を大きく上げて伸びをする者、深呼吸を繰りかえす者、首を二度三度左右に傾ける者、仕草はそれぞれだが、思い思いに緊張をほぐし、平常心を取りもどしていく。

（それでいい）

権藤は微笑を返した。

「権藤組」は健在だった。省人化が進んで、極端に少人数化された『もがみ』の乗組員は、権藤を中心によくまとまっていた。

結束が固く、掃海隊群では評判の艦ですらあった。

日付が変わって、時間が刻一刻と進む。

味方の哨戒圏に入ってしまえば、お役御免となる。陸上から発進してくる対潜ヘリや沿岸警備艇にバトンタッチできるし、そもそも警戒厳重なエリアにあえて入ってくる敵潜もいないはずだ。過度の緊張と重圧から解放されて、少しは休める。

そう思えば、最後にもうひと踏んばりできると力が湧いてくるものだったが、敵はそれを試すかのごとく現れた。

「水中に爆発音！」

(そう来たか)

権藤は顔を跳ねあげた。

敵潜としては、攻撃手段はふたつある。ＵＳＭ(Ｕｎｄｅｒｗａｔｅｒ ｔｏ ＳｕｒｆａｃｅＭｉｓｓｉｌｅ 水中発射対艦ミサイル)と魚雷である。

ＵＳＭを放つには、こちらの位置を特定して放つ必要があるし、単独で放つ数では対空砲火によって無効化される可能性も高い。そうなれば、魚雷となる。

魚雷は隠密性が高いし、比較的対処もしにくい。自律誘導も可能である。

だが、雷撃のためには射程圏に確実に入る必要があるし、回避や対処の余裕を与えないためにも、できるだけ近距離で実行するのが望ましい。

待ち伏せしているところに運よく敵が近づいてきてくれるのがベストだが、多くはそうはいかずに自ら近づいていかねばならない。

そこで、敵は手を打った。

近づいていくスクリュー音などを探知されて存在を暴露する前に、海中をカオスの状態にしたのだ。なにもかもかき消されている間隙を衝いて接近しようという目論見に違いない。

その狂騒のなかから突然敵潜が現れたら、それ以上にソナーがダウンしている状態を衝いて魚雷が突進してきたら、と青ざめる者もいるなかで、権藤は落ちついていた。

小太りの身体を青赤二色のカバーがかかった艦長席にゆったりと沈めたまま、周囲を一望する。

「慌てることはない。敵もこの状態では仕掛けられん」

そのとおりだった。

海中が雑音だらけというのは、敵潜にとっては隠れ蓑となると同時に、目標を把握できなくなるということだ。

つまり、雷撃の照準を定められない。

「アクティブソナー打て。最大出力でかまわん。敵潜の乗組員が耳を傷めるほどにな」

権藤は次々と指示する。

「『くまの』艦長を呼びだしてくれ。……うん、ああ」

話の内容を耳にした部下が、頬を引きつらせながら、白い歯を覗かせる。

驚きと信じがたいという思いとを、合わせた笑みだ。

『くまの』艦長も権藤と同じ二佐だが、権藤は先任だった。特に指揮官が乗りくんでいないので、ここでは権藤が司令代理の立場である。

『もがみ』と『くまの』が歩調を合わせて対処に入る。

「砲雷長、主砲発射用意。敵潜が驚いて飛びだしてきたら、そのまま撃ってかまわん」

権藤はうそぶいた。もちろん、真意はほかにある。

前甲板に設置したMk45mod4五インチ単装砲の砲身を下げる。口径は一二・七センチと大きくはないが、砲身は六二口径、すなわち七メートル六二センチと長い。撃ちだす砲弾の初速が速く、射程も長くなるという原理である。

「派手にやってかまわんぞ。撃ち―方――、はじめ!」

海軍式に抑揚をつけた口調で、権藤は命じた。

「な、なにを?」

「どこへ?」

目にした者は、そう思ったろう。

特段、なにもないのに『もがみ』は発砲した。

俯角をつけて、海面へだ。

しかも、砲塔を旋回させながらと、常識ではとうていありえない射撃だった。

橙色の発砲炎が未明の海上に閃く。

そのたびに、ステルス性重視の平面で構成された、大胆で未来的な『もがみ』の艦容が浮きでてくる。

次いで、夜目にも白い水柱がひとつ、またひとつと突きあがりはじめた。

それは船団の周囲を覆っていく。

見る人が見れば、滑稽な光景だったに違いない。

いや、素人が見ても、奇異に思える光景だった。

軍事常識では、まずありえない射撃だった。

権藤は海中に向けての、威嚇射撃を命じたのである。

それは同時に、海中を荒らして、敵潜からの音響探知を困難にすることも狙っていた。

自分たちの任務は、敵潜水艦を沈めることではない。船団を無事沖縄に送りとどけることである。と、権藤は正しく理解していた。

敵潜水艦に仕事をさせなければ、それでいい。

権藤はいい意味で開きなおっていた。

そのうち、うっすらと闇はかすみ、薄明の空が顔を覗かせはじめた。

第五章　与那国島奪還

二〇二八年六月一八日　東京・首相官邸

オーストラリアからフィリピンへ、そしてアメリカ本土からグアム経由で沖縄へ、という補給計画は順調に進み、多国籍軍の継戦サイクルは加速度をつけて回りはじめた。

　また、人工衛星の破壊やＡＥＷ（Ａｉｒｂｏｒｎｅ Ｅａｒｌｙ Ｗａｒｎｉｎｇ 早期警戒機）の撃滅で、中国軍のＩＳＲ（Ｉｎｔｅｌｌｉｇｅｎｃｅ Ｓｕｒｖｅｉｌｌａｎｃｅ ａｎｄ Ｒｅｃｏｎｎａｉｓｓａｎｃｅ 情報・監視・偵察）能力は低下したことによって、長距離ミサイルが脅威ではなくなり、ついにアメリカ海軍の空母打撃群が台湾近海に進出した。

　これらによって、西太平洋の航空優勢は完全に米台軍へと傾いた。

　そうなれば、台湾東部へのアメリカ海兵隊の逆上陸が本格化してくる。

　緒戦の劣勢に継ぐ劣勢で、台湾東部まで侵出を許していた中国軍に対する反抗作戦は、軌道に載りはじめたのである。

　日本もすかさず動く。

「この機を逃すな、ということだな？」

　日本国首相浦部甚弥は双眸を閉じて、両掌で顔を数回軽く叩いた。

　疲労はとっくに限界を超えていた。

この四カ月間、まともに眠れた日は一日もない。常に過度の緊張に晒され、心配事が絶えなかったことと同時に、睡眠時間も絶対的に足りなかった。気持ちを集中させていなければ、正しい判断などできない。下手をすれば、この場で倒れても不思議ではない。

そんな状態だった。

「米軍が本格的な反攻作戦を始めます。そこに呼応しない手はありません」

防衛大臣美濃部敦彦が発した。

「敵に奪われたところを奪いかえすのは、時間が経てば経つほど困難となっていきます。敵は守りを固めますし、既成事実化の対象ともなります。総理にご説明を」

美濃部に促されて、防衛省運用部の引地蓮《ひきちれん》二等海佐が後を引きとった。旧海軍でいえば軍令部の作戦課長的な役割の男だった。

「では、本官からご説明申しあげます」

引地が画面を切りかえた。

「現在、我が国が奪われているのは、台湾にほど近い与那国島とその北にある尖閣諸島であります。幸いにも三月の東シナ海海戦で同方面への接近を試みた敵艦隊を撃退して以降、敵の新たな増援は阻止できているため、敵の守備隊は少数で限られた戦力であると思われます」

そこで、引地は息を継いだ。

「しかしながら、そうとはいえ逆上陸を行《おこな》うには、同方面の航空優勢と海上優勢の確保が必要であり、それが混沌としていたこれまで、我が方は実行できずにおりました」

「それが可能になってきたというのか」

官房長官半田恒造が身をのりだした。

タカ派の半田としては、我が国固有の領土が敵に蹂躙《じゅうりん》されたという事実そのものが許しがたかった。一刻も早く取りもどしたいという気持ちは、誰よりも強かったに違いない。

「米軍は台湾への大規模な航空攻勢を予定しており、それは北部にもおよびます。

それに呼応して作戦を敢行することによって、敵空軍への圧迫は強められます」

「勝算はあるのだろうな」

「航空優勢は九割ほどの確率でとれるとシミュレータも弾いています」

「ほう」

微笑する半田だったが、もう一点が難問だった。

「しかし、そこで予想されるのが敵の水上部隊の反撃です。敵艦隊の主力は台湾方面で米艦隊との戦闘に入っていることが想定されますが、これまで同様に北海艦隊の分艦隊が我が方へ目を向けている可能性が大です」

「三カ月半前に撃退はしたものの、撃滅できていない敵です」

美濃部が補足した。

「敵は再びそれを向かわせてくるでしょう。もちろん、敵も同じ轍《てつ》を踏むまいとするでしょうが、台湾方面が敵にとっての足かせとなります」

「だが、米軍はあてにならんのだろう?」

半田が一転して表情を曇らせた。

アメリカ海軍の協力は得られない。アメリカの目は台湾そのものに注がれており、日本の領土は日本独自でなんとかしてくれと言うのが、アメリカ政府の一貫したスタンスである。

「そうですが、ここは絶好の機会です。我々はここで押しきらねばなりません」

美濃部が強調した。

「策は？」

ここでしばらく傾聴していた浦部が口を開いた。

決断するかどうかの最終局面である。

「敵艦隊の防空能力を甘くみては、東シナ海海戦の二の舞となります。航空優勢を得ているからといって、空襲でかたをつけようとするのは危険です。空自の現有戦力では物量で圧倒することも不可能ですから。そこで」

美濃部は引地に先を促した。

「陸海空の波状攻撃を仕掛けます。潜水艦隊による奇襲に続いて、ステルス機の空襲、引きつづいての通常機による爆撃、そこで足りなければ水上艦隊まで飛び込ませ、海上優勢を得たところで、陸自の水陸機動団を与那国島に上陸させます」

美濃部が引きとる。

「二兎を追うものは……。まずは与那国島の奪還に全力を注ぎます。尖閣諸島はあらためて取りもどすよう計画しております」

「……よかろう」

数秒間、逡巡した後、浦部は決断した。

リスクは当然ある。ここまでも想定外と思われたことは幾度もあった。

できればアメリカ軍の支援も受けたいところだが、それを待つのもかえって危険だという予測もある。

時間という要素も関係している今、迷いは許されないと、浦部は覚悟を決めたのだった。

二〇二八年六月二一日　与那国島

与那国島上空に達しようかというころには、すでに敵機は一掃されていた。

「さすが米軍」

航空自衛隊一等空尉須永春斗はつぶやいた。

与那国島奪回作戦の第一段階である航空優勢をめぐる戦いには、空自の第三〇二飛行隊らF－35装備隊が割りあてられた。

リスクが高い初期作戦に、ステルス機をあてがうというのは、至極まっとうな判断である。

ただ、一方で台湾全域の航空優勢を奪おうと、アメリカ軍が動いた影響で、ここら一帯の中国軍機も合わせて追いはらわれたようだ。

（もしも、あの日がこうだったらな）

振りむいた先には、もう戦友の姿はない。

同僚であって、航空学生同期の親友でもあった沢江羽留飛《はると》一等空尉が戦死して三カ月あまりが経つ。

（同じハルトでも、俺が、俺だけが生きのこっているとはな）

失意は隠しようがなかったが、まだ須永は沢江の死と本気で向きあえてはいなかった。戦時で余裕がないからと、自分で自分に言い訳をして逃げていたのかもしれない。

それが、須永の自己防衛の本能でもあった。

まともに考えれば、飛んで戦える精神状態にはないはずだ。

戦えず、すぐに沢江の後を追うのは必至。

それは沢江も望んではいないはずだ。

すべては、この戦争が終わってからにする。

沢江の妻や子供にも会って、その立派な姿をしっかりと伝えのこす。

それが、自分の役割であると、須永は考えを整理した。

「ゲイト2よりゲイト1。島内に不審な形跡はありません」

ウィングマンの山岡利喜弥二等空尉が報告した。

F－35に備わる三つの捜索機器のひとつであるAN／AAQ－40電子光学目標指示システム（EOTS）がFLIR（Forward Looking Infra-Red 前方監視赤外線）機能でもたらした情報である。

そう、敵機にばかり気をとられていると、地上からSAM（Surface to Air Missile 地対空ミサイル）が飛んできかねない。

与那国島に上陸した敵は少人数で軽武装だと予想されているが、一方的に無力と決めつけるのは危険である。いい視点だ。

そのうち、交代枠のF－15JSI（Japan Super Interceptor）がやってきた。

どうやら、突破口役としての自分たちは、不要だったようだ。

計画では、アメリカ軍とステルス機とで敵の航空戦力を一掃し、その後の維持は非ステルスの第四世代機であるF－15JSIで担《にな》うとされていた。

作戦は第二段階へと進んだのだ。

しかし、それは新たな空戦の扉を開く、きっかけにもなっていた。

「ミサイル！」

最前列に躍りでたF－15SI一機が、突如として四散した。

慌てて散開するF－15JSI一機を、AAM（Air to Air Missile 空対空ミサイル）が追撃する。

閃光が夜空を引きさき、粉微塵に砕けちったF－15JSIの残骸が、星屑のように光を散りばめていく。

「うおりゃあ！」

格闘技の気合をこめた叫びが聞こえた。

山岡である。

不意を衝かれた憤りが割れた腹筋の底から、声となって出てきたのだろう。

「ステルス機！」

今になって、レーダーが至近距離に敵機の存在を告げてくる。

探知しがたい敵ステルス機が、反撃に出てきたのである。

（やはり、こうなる）

須永は唇を嚙んだ。

通信技術をはじめとする科学技術の格段の進歩は、ミサイルの射程延伸と誘導精度の向上をもたらし、空戦はより遠くで、視程外で戦うのが当然の時代が到来した。

しかし、その一方で自らの存在を秘匿するステルス技術が、再び空戦を革命的に変化させた。

ステルス機は敵に発見される前に、一方的に目標を見つけて攻撃し、撃破するという、ファースト・ルック、ファースト・アタック、ファースト・キルが基本戦術のはずだったが、ここに大きな見落としがあることは、さほど触れられてこなかった。

自分だけがステルス機なのはいい。だが、相手もそうならばどうなるのか？

その答えは、この対中戦で次々と明らかになった。

ステルス機対ステルス機の空戦は、前時代的な遭遇戦、接近戦となるケースが多い。

須永も自ら経験したことが、再び災厄となって降りかかってきたのである。

現れた敵はJ－20のようだ。レーダーやIRST（Infrared Search and Track system 赤外線探知追尾装置）の反応も、肉眼による識別も判然としないが、大型の機体にカナード翼らしい突起物が確認できたような気がした。

望むと望まざるとに関わらず、この距離では空戦は格闘戦になる。

敵AAMの射界に入らないよう、そして自分の攻撃圏内に敵を入れるよう、機体を動かす。

横転する主翼が月光を浴びて閃き、先端を突きだしたDSI（Diverter-less Supersonic Inlet ダイバータレス超音速インレット）が乱れる夜気を掴む。

J－20は大柄の機体に似合わず、運動性能が優秀なことは、これまでの戦訓からわかっている。

F－35も翼面荷重が小さく、基本的な旋回性能は悪くないものの、ステルス性を優先した機体設計のために、運動性能が特に優秀だとは言いがたい。

先手を取られている分、どうしても後手後手にまわってしまう。

二番機とは離れてしまった。ほかの僚機も同じような状態のようだ。

この空域は、すでに乱戦模様を呈している。

ネットワーク戦術に劣る敵とすれば、思惑どおりのはずだ。

戦いを有利に進める鉄則はふたつある。

ひとつは自分の長所を活かすこと、もうひとつは敵の長所を消すこと、である。

スポーツでこの戦術が顕著に見られるのがサッカーである。

サッカーでは、優れたストライカーを擁するチームが攻撃に徹して押しきるという試合がある反面、そのストライカーへのパスの出所を封じたり、陣形を乱したりして、徹底的にその長所を発揮させずに完封して勝つという試合もある。

敵はここで、その後者の戦術を採ったのである。

敵AAMのシーカーに捉えられたというアラートが、断続的に鳴って危機感を煽ってくる。

「このっ」

須永は舌打ちした。

敵はAAMを放った。この距離だとPL－9だろう。赤外線誘導方式のSRM（Short Range Missile短距離空対空ミサイル）である。

ただ、不幸中の幸いは、デコイに対する回避能力が低いことだ。

囮の熱源であるフレアを放出して、その追撃を阻む。

小さな光球が虚空に散ったかと思うと、それが何倍もの火球となって弾け、くぐもった爆発音と煙塊を残していく。

一機を諦めさせても、また別の一機が絡んでくる。須永のF－35AとJ－20との空戦は、しばらく続いた。

急旋回や急降下、さらにはスライドを織りまぜたトリッキーな動きを繰りだしても、なかなか絶好の攻撃機会は得られない。

敵にしても同じことで、須永機を仕留めることは叶わない。

（なかなかの手練れが出てきているのかもしれんな）

戦争勃発から、早くも四カ月が経つ。技量の劣るパイロットはその間に淘汰されて、残っているのは並以上にできる相手ばかりなのかもしれないと、須永は思った。

厄介な相手だ。

乱戦は続いている。

超音速の翼が行きかい、轟音が夜空を震わせる。時々、ＡＡＭの炸裂と被弾の炎が闇を押しのけるが、数は少ない。

ステルス機とステルス機との空戦は。互いにロックオンしづらいため、撃墜までもっていくのが容易ではないと意味したものだ。

戦場は混沌としており、埒が明かない。

（このままでは……）

須永はあらためて周囲の状況を確認した。

一計を案じて、あえて背中に敵機を食いつかせる。

ステルス性を度外視して、アフター・バーナーを焚く。

尾部の排気口が最大径に開いて、橙色の炎を覗かせる。操縦桿を押し込み、機首を下げてさらに加速をつける。

Ｊ－20が付いてくる。「速度競争では負けんぞ」とばかりに、大柄の機体を強引に押しすすめてくる。

（よし。そのままだ。付いてこい）

そこで、斜め前から別の敵機が向かってきた。

邪魔な存在だ。

構わず進めば攻撃されるリスクが大だし、かといってそちらを気にしては、せっかく食いつかせた敵機を見逃すことになる。

「どうする？」と思ったとき、おもむろに火箭が上から下へ突きぬけた。

眼前を遮られた新手の敵は、慌てて旋回して逃れ、代わって僚機がその火箭を追ってすり抜ける。

「グッジョブ！　でしょう？」

山岡だった。これ以上ない場面でのサポートは素晴らしい。

「ああ。グッジョブだ」

山岡の機転は見事だった。ＡＡＭにこだわらず、牽制ならこれで十分と銃撃に切りかえた。

固定武装――ＧＡＵ－22Ａ二五ミリ四連装ガトリング砲を持つＡ型だから成せた業だ。

須永はタイミングをはかって、サイドスティック式の操縦桿を引いた。

機首が急角度で上を向く。強烈なＧがかかり、身体がシートに押しつけられる。耐Ｇスーツを着ていても、つらいくらいだ。

速度が十分に下がったところで、ロールをかけつつ、機首を水平に戻す。

急転する視野のなかで、月明かりを受けた敵機が垣間見えた。Ｊ－20の特徴的なデルタ翼である。

反転する敵を追って旋回しつつ、降下する。

「ロックオン、シュート！」

背後につけば、敵の排気口が正面にくる。ロックオンは容易だった。

「スプラッシュワン（敵機撃墜）！」

須永はハイスピードヨーヨーと呼ばれるハイテクニックを繰りだして、Ｊ－20一機を葬《ほうむ》ったのだった。

ただ、それでも戦況をひっくり返すほどのものではない。先手を取られた分、全体としては、味方は劣勢のはずだった。

このままでは、航空優勢の確保はままならない。

敵も必死だ。

ここで躓《つまず》けば、与那国島奪還という作戦そのものが頓挫してしまう。

厳しい状況と思ったが、そこで救世主が現れた。

南方から加勢する機が三機、四機……それ以上来る。

（米軍か！）

危急を見て駆けつけたというよりも、台湾周辺の敵航空戦力を排除する一環なのだろうが、経緯はともかくありがたかった。しかも……。

（F－22!?）

海兵隊のF－35Bか海軍のF／A－18かと思ったら、そうではない。

超音速巡航は空軍のロッキード・マーチンF－22ラプターにしかできない芸当である。

嘉手納に駐留している第一八航空団の所属機と思われる。

「む！」

F－22が一機、また一機と須永機を追いぬいていく。

ただ速いだけではない。浮きあがりながらというか、F－35には真似のできない機動だった。

そのF－22が、さらにトリッキーな動きで闇に溶け込む。降下していたと思うと、鋭角的に上昇に転ずる。

しかも、機体を反りかえらせるような急激な機動である。

そして、すぐさま敵機を葬る。

「さすが、ピュアな戦闘機は違う」

F－22は空対空戦闘を主眼として造られた戦闘機である。

F－35のように、空母に発着艦したり、垂直離着陸したり、ということはできないが、ステルス機でありながら、有視界での格闘戦でも敵を圧倒できるよう設計されている。

顕著な装備が、それを実現させる二次元偏向排気ノズルである。

ロシア機も得意とするこの機構によって、エンジン排気の排出方向を操って、変則機動を可能とするのである。

それはカナード翼を装備したJ－20の機動をも上まわり、凱歌をここにあげたのである。

F－22に比べて、F－35が戦闘機として格段に劣るわけではない。

汎用性を追求したF－35と特化したF－22。戦闘環境が変われば、また違った結果となったかもしれない。

今晩はF－22の夜だったのだ。

日本機だけならまだしも、一度姿を消していたアメリカ軍機が舞いもどってきたのは余計だった。

東部戦区第九戦闘旅団は台湾北東部を担当として、敵の邀撃にあたったが、状況は芳しくない。

その一人として戦う陳海竜《チンハイロン》空軍大尉は、それを肌で感じていた。

「後ろにつかれた。振りきれない！」

「援護してくれ。数的優位さえつくれば……いや駄目だ」

無線で飛びかう声は、悲鳴混じりとなっている。

レーダーが映す輝点も、味方のものが徐々に減ってきているように感じる。

「うおあ！」

言葉にならない絶叫が響く。

ウィングマンの楊権《ヨウグオン》少尉だ。

厳しい環境に置かれていた幼少期を経て、軍を舞台に自分の腕ひとつで未来を手繰りよせていこうという発想の楊にとっては、許容しがたい状況なのだろう。

（待ってろ。なんとかする）

　正直、自分も追われている立場の陳だったが、まだ匙《さじ》を投げてはいなかった。

　自機を楊機に近づける。

　針路を交錯させさせながら、うまく役割を入れかえて攻守の逆転を狙うつもりだった。

　速度を調整しつつ、緩横転をかける。

　Ｆ－22やＦ－35に類似した逆ハの字に傾けた双垂直尾翼が夜風を両断する。

　傾けた角度は左右のエアインテークの側面角度と一致させて、敵レーダー波の乱反射を防ぐ目的を持つ。

　中国側は否定しているが、Ｊ－20にはアメリカ製ステルス機の影響が随所に見られ、ハッキングして得たＦ－35の機密情報が開発段階で盗用されたとのうわさが絶えない。


　もちろん、陳にとってはどうでもいいことだ。

　自分の命を預ける機体は、高性能にあるにこしたことはない。

　全長二〇・三メートル、全幅一二・八八メートルと、Ｆ－22と比べてひと回り大きいＪ－20が、闇を押しのけるようにして進む。

　楊と交錯しつつ、旋回して互いの位置を入れかえる。

　そこで、攻守が逆転するはずだったのだが……。

「くっ」

　敵は陳の動きを読んでいたかのように対応した。逆に背後にまわられ、距離を詰められる。

　かなり危険な状況に陥ったが、そこで陳は恋人の劉鶴潤《リウホールン》に叱られたような気がした。「諦めるのか？　しっかりしろ！」と。

　そう、自分はここでくたばるわけにはいかない。

劉のところに帰る。劉との仲はまだまだ途上だ。期待する未来を、ここで捨てるわけにはいかない。

カナード翼を立てて急減速しつつ、機首を引きあげて機体を立てる。

大型のデルタ翼が風を受けとめる機は、まるで凧のようだった。

敵がオーバーシュートしていく。

Ｆ－35ではない。月明かりに垣間見えた機首は、Ｆ－35の短いものではなかった。

Ｆ－22らしい。

そこで、残弾一となったＰＬ－９を放り込む。

渾身の一撃となるはずだったが、それは目標を追いきれなかった。

「駄目だ」

陳ははっきりとした劣勢を悟った。

兵器性能はやはり敵が上である。中国軍の装備もここ一〇年ほどで格段に進化し、大幅な近代化を果たしたのも事実だが、アメリカのそれはまだまだ上をゆく。

そして、さらに問題なのは今回の空戦に限らず、ここ最近は常に押されぎみになってきたことだった。

初期の攻勢は完全に息切れし、自分たちは守勢に入りつつある。潮目は変わったと認めざるをえなかった。

「残弾ゼロ」

「こっちもだ。引きあげるぞ」

「うあっ！」

楊が側壁かなにかを叩く音が聞こえた。

だが、ここで無理をするという選択肢は、陳にはなかった。これ以上、命を危険に晒して戦う義務はない。軍人としての仕事と義務は十分に果たしたと、陳は考えていた。

軍への忠誠や愛国心、自己犠牲の精神よりも、自分自身の幸福と未来の方が優先だ。国のために自分がいるのではない。自分のために国がある。

それが、陳の考えだった。


夜間の航空戦で敗北したにもかかわらず、夜明けとともに敵艦隊は前進してきた。

「敵さん、自信たっぷりですなあ」

潜水艦『たいげい』先任伍長会田順二海曹長は、呆れと感心が混ざった声でつぶやいた。

「防空という意味では、たしかに我々も痛い目に遭ったからな」

艦長向ヶ丘克美二等海佐は、口上の髭をぴくりと跳ねあげた。

三ケ月前の東シナ海海戦で、海空自衛隊は中国艦隊にきりきり舞いさせられた。

連続した空襲はことごとく不発に終わり、先島諸島へと迫る中国艦隊の前に、与那国島のみならず、石垣島や宮古島までもが、あわや占領かとなる一歩手前までいったのだ。

幸い、このときは『たいげい』が超大型駆逐艦南昌級一隻を雷撃で沈めたことで、中国艦隊が撤退して事なきを得たものの、中国艦隊の防空能力には目を見張るものがあったのは事実だ。

本来、航空劣勢下では海上作戦は成立しないというのが常識だが、この戦訓から中国艦隊は強気に出てきたものと思われる。

一度奪った与那国島を簡単に手放す気はないという、敵の覚悟とも見えた。

だが、そこは今回、自分たちも織り込み済みである。

あえて敵が自信を持つ戦いに応じる必要はない。弱点を衝く。それが勝利への近道となる。

敵の対空防御は優秀だが、対潜防御は脆弱である。だから、爆撃隊に先がけて、自分たち潜水艦隊が襲撃する。

波状攻撃の開始である。

「南昌級二隻を確認。昆明級が……三隻……」

「なんだ。空母はいないのか」

ソナーマンの報告に、会田はおどけた。

中国海軍の主力は台湾周辺に張りついているのはわかっている。

虎の子の空母が北東に突出してくるはずがないことは自明の理だった。

「まあ、冗談はさておきと。そこそこ敵はきばりましたな」

そう。新型艦艇を多く含む総勢二〇隻近い艦隊というのは、かなりの規模であることも確かだ。『いずも』『かが』の空母二隻を含む自衛艦隊は総合戦力では上まわるだろうが、水上打撃力だけを見れば敵が優勢かもしれない。

万が一にも、艦隊決戦という場面はつくらせてはいけない。

「方位二〇。敵艦隊向かってきます」

海自の潜水艦隊は乾坤一擲の作戦として、この海域に一〇隻超の潜水艦を展開させている。『たいげい』はそのなかで最前列の一隻として突出しており、右前方に敵艦隊を仰ぐ形となっている。

そのまま針路を交差するように魚雷で衝くのもよし。引きつけて、横腹を抉《えぐ》るのもよし。相対位置としては恵まれた。

攻撃手段としては今回もＵＳＭ（Ｕｎｄｅｒ ｗａｔｅｒ ｔｏ Ｓｕｒｆａｃｅ Ｍｉｓｓｉｌｅ

水中発射対艦ミサイル）ではなく、魚雷を選択する。

やはり、潜水艦の攻撃となれば、秘匿性と威力から、雷撃が優位である。

「さて。派手にぶちかますとしますか」

「水雷長、雷撃用意」

向ヶ丘は命じた。

「自衛隊のハーロック」との異名の元となる、鼻から左の頬にかけての古傷が威厳を放つ。

しかし、向ヶ丘の指示は意外なものだった。

「ただし、早まるな。本艦はラストにまわる。初手は他艦に譲るので、そのつもりで」

「艦長……」

会田が驚いた顔を向けた。頬がこわばり、片目が痙攣するように震えている。

この絶好の機会を自ら手放すのですか？　敵艦隊をこのまま行かせれば、本艦は下手をすれば敵艦隊のど真ん中で頭上を押さえられる格好になりかねません。発見されて、攻撃を受ける確率は格段に高まります。なぜ、そんな危険を冒すのですか？　――そんな内心の思いが視線から感じられた。

もちろん、向ヶ丘が血迷うわけがない。そこには、緻密に計算された目的と根拠があった。

「たしかに、ここで本艦が攻撃すれば、それなりの戦果を確実に挙げることができるだろう。

だが、そこで敵艦隊の対潜警戒は格段に跳ねあがる。後続の艦が戦果を追加、拡大することは難しくなるだろう」

向ヶ丘の言うことは、もっともだった。

ただ僚艦にチャンスを譲る代わりに、自分たちが許容しがたい不利益を被ったのではたまらない。

会田は次の言葉を待った。もし、納得がいかない場合は、乗組員を代表して異議を申したてることも辞さないつもりだった。

会田は会田で、自分の役割を理解して、責任を全うするつもりだった。

「本艦はいったん敵艦隊を見送り、後続のそうりゅう型各艦の攻撃を待つ。奇襲となれば、一定の戦果は見込めるはずだ。

その後、今度は本艦が混乱する敵艦隊を背後から叩く。

多少なりとも、本艦はそうりゅう型に比べて、性能的に優位である。その艦を預かった者の責任、ということで理解できると思うが。どうかな」

向ヶ丘は会田の顔を見つめて、微笑した。

「実は『らいげい』の篠田《しのだ》艦長とも意見の一致をみている」

たいげい型潜水艦は、前級そうりゅう型潜水艦と比べて、水中高速航続性能と静粛性で上まわる。

任務に難しい、易しい、があるならば、難しい方を本艦がこなすべきだという向ヶ丘の考えは正しい。それが新型艦を預かる艦長の責務と覚悟というものなのだろうと、会田も理解した。

もちろん、それだけではない。

向ヶ丘の、その先にある狙いを間は読みとった。

「なるほど。艦隊全体としてはその方が戦果を挙げられる。それに……」

会田もそこで、にやりと笑った。

「雷撃を受けた敵艦隊が右往左往するところを、本艦がとどめを刺す。どれを狙うかも選び放題となるわけですな」

会田はぐるりと部下を見まわして、不適に歯を覗かせた。期待を見せたものだったが、ここで会田も目をつぶったことがあった。

それは『たいげい』が危険に晒される確率は、確実に上がるということだった。

敵艦隊に接している時間が長くなれば長くなるほど、発見されて攻撃されるリスクが高まる。

敵艦隊を一度やり過ごして背後を狙うというのも、言うほど簡単なことではない。

第二次大戦時の艦隊ならばまだしも、装備する兵装の射程延伸に伴って、現代では艦と艦との距離は格段に開き、艦隊は大きく広がっている。

下手をすれば、敵艦隊内に取り込まれて身動きがとれなくなる危険性すらある。

そうなれば、なぶり殺しのようにして沈められるかもしれない。

だが、会田も向ヶ丘の案に賭けた。

軽挙妄動を慎み、私生活でも言いよる女も多かったが、「不幸にするだけ」と独身を貫いてきたストイックな艦長を、皆が信頼している。

うちの艦長は間違いなく海自一の潜水艦長である。その類稀《たぐいまれ》な判断力は実戦でも証明されてきた。

(俺も、そして皆も、艦長を信じる！)

『たいげい』は皆、一蓮托生の身なのである。

「水雷長、いつでもいけるよう準備しておけ。別命あるまで待機」

『たいげい』は海中で無音待機に入った。

工具を落としたり、足音をたてたりすることも許されない。

しばらくして、敵艦のスクリュー音が近づいてきた。

初めはほんのかすかだったそれが、複数絡みあいながら船殻越しに伝わってくる。

(近いな)

向ヶ丘は静かに頭上を仰いだ。

氷を削るような音が、規則的に伝播してくる。

それが徐々に高鳴り、最後には機関音らしき圧が艦体を震わせたような気がした。

敵艦はほぼ真上を通過していったようだ。幸いにも、発見されて攻撃を受けることはなかった。

今ごろ海上では、東の水平線からの朝日を浴びた中国艦隊が、艦体を真っ赤に染めながら東進していることだろう。

まさに、赤い艦隊である。

ひと昔前までは、漁船にも似た旧式のやぼったい艦ばかりだった中国艦隊も、今や独自の進化を遂げ、装備や性能もさることながら、艦容もそれなりに洗練されてきている。

基本的にはステルス性を意識した直線基調のものだが、舷側にも角度を設けたり、艦橋構造物を多面体にしたりするなど、中国艦ならではの艦容も見られる。

そうしたオリジナル・チャイナ・フリートとして、各艦、各乗組員が肩で風を切って進んでいるのは想像に難くない。

敵は航空優勢を失ったことで、逆に水上艦隊で圧力をかけようとしているのかもしれない。

弱気になったほうが負けだ。自分が苦しいときは相手も苦しい。どちらが限界まで踏んばるかで、勝敗が分かれるという思いは、敵も同じなのだろう。

だが、それが限界ではなく、無理という範疇に入っていることを教えてやると、向ヶ丘は静かに闘志をかきたてた。

我慢の時間帯が続く。

アクティブソナーの探信音が艦体を叩き、対潜ミサイルがいつ海面を割ってもおかしくない。

ただ、向ヶ丘以下は、敵艦隊がこのまま素通りしていくのを信じて待つだけだった。

ある者はこわばった表情で視線を落とし、またある者は額に滲む汗をしきりに拭う。

潜水艦勤務は長期間狭い艦内に閉じ込められ、毎日朝も昼も夜も決まった面々としか顔を合わせられないという特殊で過酷なものである。

狭所恐怖症に耐性のある者など、選ばれた者のみが乗艦を許される。

その選ばれた者にしても、実戦のこれは恐怖とストレスでしかなかった。

ただ、それも永遠に続くものではない。

「始まった」

向ヶ丘はかっと目を見開いた。

水中爆発の衝撃は、戦闘開始を告げるゴングだった。

すぐに爆発音は複数連なって伝わってくる。

海上は早くも大騒ぎになっていることだろう。

海中でも、かなりの雑音が入りみだれる。

チャンスだ！

「回頭一八〇度」

「回頭一八〇度、宜候」

向ヶ丘の指示に従って、操舵手が異形の操縦桿を操作する。昔ながらの舵輪を回す水上艦と近代の潜水艦との、ここが決定的な違いである。

艦尾のX舵がゆっくりと動き、全長八四メートル、全幅九・一メートル、水中排水量四三〇〇トンの葉巻型をした艦体が振りかえる。

海自の潜水艦隊と中国艦隊との戦闘は、すぐに佳境に突入した。

ソナーで拾うまでもなく、被雷の炸裂音が響き、それに潜水艦の圧壊音も混じっていく。

残念ながら、味方も無傷でいられるはずがない。

対潜能力に弱点がある中国海軍といえども、まったく無能の素人集団ではない。

これだけの規模の戦いとなれば、確実に何隻かの僚艦は海底の藻屑と化す。

悲しいことだが、それが避けられない現実である。だからこそ、二度と戻らぬ仲間のためにも、戦える者は一二〇パーセントの力を出しきらねばならない。

「右三〇度、南昌級」

「ふふ」

会田は笑みをこぼした。本艦はついている。三月頭の東シナ海海戦に続いて、またもや中国海軍最大の水上戦闘艦に会敵できるとは、類稀なる戦運と言っていい。

「左四〇度、蘭州級」

そこで、アクティブソナーの探信音が、激しく『たいげい』を叩いた。

（見つかった！）

そう考えるのが妥当だった。

「二隻ともやりましょう」

「ここで逃げだす選択肢はありません。攻撃すべきです」――切迫した会田の表情には、そう書いてあった。

もちろん、向ヶ丘もそのつもりだった。力強くうなずいて発する。

「雷撃用意。一、二番、ターゲット、南昌級、三、四番……航海長」

あとは時間との勝負になる。

敵も『たいげい』に向けて、短魚雷を放ってくるはずだ。

命中精度を最優先に考えれば、艦側から光ファイバー有線で魚雷を誘導するのがベストだが、状況がそれを許さない。

　艦首の直径五三・三センチの発射管には一八式魚雷が装塡してある。囮との識別精度を上げた音響画像センサーが内蔵されており、それを信じるしかない。

「オープン、ザ、ゲイト……ファイア！」

　発射管の扉を開き、まずは南昌級超大型駆逐艦に向けて魚雷を放つ。

「敵の魚雷、来ます」

　戦術画面に魚雷を示すマークが表れる。点滅するたびに、それは中心の『たいげい』に近づいてくる。

　近い！

　度胸が試されるところだった。

　魚雷の直撃を食らえば、潜水艦など一〇〇パーセント沈む。


　並以下の艦長ならば、回避を最優先としただろうが、自衛隊のハーロックこと向ヶ丘は違った。

　向ヶ丘は果敢に攻めた。

「ネクスト……ファイア。対抗手段！」

『たいげい』は第二撃を放ったが、もはや急速潜航や反転離脱は不可能だった。

　艦を動かしても間にあわない。囮のデコイと妨害音を発するジャマーを総動員するとともに、向ヶ丘はぶっつけ本番だったが、ある秘策を講じていた。

　リスクをとってもチャンスを逃さず。

　その判断が正しかったかどうかは、すぐにわかる。

「敵魚雷、距離二、一……」

　デコイとジャマーの欺瞞も押しのけて、敵の魚雷が迫る。

（駄目か）

くぐもった爆発音とともに、艦が激しく揺さぶられ、照明が明滅した。机上の固定されていなかったありとあらゆる物が吹きとび、塵埃が天井から舞った。

食らった——血相を変える部下の表情には、そんな思いが滲んでいたが、会田の反応は違った。

「慌てるな。浸水有無、異常確認急げ。艦長……」

そう、直撃ではない。直撃ならば、今ごろ船殻が破れ、艦内は海水の奔流で地獄と化していたはずだ。紙一重で『たいげい』は直撃を免れた。

なぜ？

デコイとジャマーは、被雷を間接的に免れるソフトキルと呼ぶ手法である。だが、それでは不十分と判断した向ヶ丘は、演習でも試したことがない手法をここで命じた。

小型の機雷を艦外に放出して、いちかばちか敵魚雷がそれに接触爆発することを狙ったのだ。

直接敵魚雷の破壊を試みるハードキルと呼ぶ手法である。

魚雷のハードキルはこれまで世界各国で研究されてきた。魚雷の誘導センサーが年々高精度化することで、ソフトキルが無効化されるケースが多くなることを懸念して、迎撃魚雷の開発が世界各国で進められた。

だが、海中では光学的手段やレーダーでの探知は不可能で、敵魚雷の探知がそもそも容易でないこと、敵魚雷を探りながらの航走となると、速力が抑制されて追いつけないこと、高速航行を試みると、自己航走音が雑音となって敵魚雷の探知がさらに困難になること、等々の理由で開発は困難を極めた。

唯一実用化したと喧伝されているドイツのシースパイダーにしても、失敗作とされた米仏のシステムと大差ないとの評価もあった。

当然、向ヶ丘はそれらも認識していた。海自の潜水艦には迎撃魚雷は搭載されていない。

だが、向ヶ丘は腹の中で一計を案じていた。簡易な機雷戦の可能性を考慮して積んであった小型機雷に弾幕のような役割を負わせられないかと。

それが、土壇場でハードキルとして機能した。

向ヶ丘の戦略的勝利だった。

しかし、至近距離の爆圧で、『たいげい』も代償を免れなかった。

「発射管室、全員退避」

向ヶ丘は命じた。

ディスプレイ上で艦の断面図前方が、赤く染まって点滅していた。損傷と浸水の警告である。

「トリム保て」

「機関、異常なし」

「よし」

「バッテリー異常なし。出力正常」

「よし」

「舵異常なし」

「よし」

ひとつひとつの報告に、向ヶ丘はうなずいた。

致命的な問題はない。

「発射管室、負傷者二名あるも、退避完了」

「隔壁閉鎖」

（本艦は沈まぬ。沈ませぬ）

緊迫感満ちた発令所内で、向ヶ丘は鬼気迫る表情で仁王立ちしていた。

ディスプレイ上で、静かに進んでいた魚雷到達のカウントダウン数字が「0」を示した。

かすかだが、爆発のものらしき低く重い音が伝わってくる。

向ヶ丘は、賭けに勝ったのである。


ステルス機の一群が西へ向かっていた。

「潜水艦隊の攻撃は成功した。敵艦隊の戦力は大きく削がれ、陣形も乱れている。航空隊各隊はただちに出撃、これを撃滅せよ」

DDH（Helicopter Destroyer ヘリコプター搭載護衛艦）『いずも』『かが』に待機していた航空自衛隊第五航空団第五〇一飛行隊と第五〇二飛行隊は、潜水艦隊に続く第二波攻撃を担って出撃したのである。

もはや、歴戦のパイロットとなった堂島樹莉一等空尉と村山はな二等空尉も、多国籍軍への「出向」から戻って、そのなかに加わっていた。


「問題ない。大丈夫だ」

自分の左後方に村山が続いているのを確認して、堂島は小さく息を吐いた。疲労の蓄積はかなりのものであることはたしかだ。それは体力的なものばかりでなく、精神的なものでもそうだ。

特に一ヶ月前のバブヤン海峡での一件は、二人に限らず、多国籍軍のパイロット多くに動揺と不安を誘った。

あろうことか、空戦中にパイロット一人が僚機を襲撃して、そのまま敵側に逃亡したのである。

逃亡者はアメリカ海兵隊第一二一海兵戦闘攻撃飛行隊（VMFA－121 Green Knights）所属のデレク・ビットナー中尉であり、撃墜されたのはそのエレメント・リーダーであるジェイソン・テイラー大尉だった。

けっして良好とは言えない間柄、というより嫌悪する対象だったとはいえ、知っている者が当事者だった衝撃は大きかった。

それ以前に、戦国時代の群雄割拠入りみだれ、裏切り、寝返り、が当たり前だったときならまだしも、戦闘単位も大きくなって戦術も組織化、システム化された現代において、そんなことが起こるとは夢にも思わなかったというのが、皆本音だったはずだ。

ただ、戦争は待ってはくれない。

気持ちの整理がついていようがいまいが、否応なしに戦うことを求められる。

それが、ファイター・パイロットとしての宿命である。

もやもやした気持ちが自分にももうないと言えば嘘になるが、自分も、そして村山も、戦える状態まではきている。


（苦しいかもしれないが、やるしかないのだからね）

堂島は胸中で村山に語りかけた。

航空優勢は確保してあるので、敵戦闘機の「挨拶」はない。

そして、敵水上艦からのSAMにも注意が必要だが、そこは潜水艦隊の攻撃で防空網に穴が開いているであろうことと、ステルス性をもって対処する予定だった。

こうしたお膳立てが整っていたとしても、簡単な任務ではない。

三月の東シナ海海戦でも、同様にステルス機による爆撃が試みられた。

このときは敵に対処の余裕を与えないようにと、敵SAMの射程圏内に大きく踏み込み一二〇キロメートルほどの距離まで近づいてASMを放ったが、それでも敵の防空網を崩せずに目立った戦果を得られずに終わった。

だから、今回は危険を承知で八〇キロメートル付近まで肉薄して、攻撃を敢行することと計画された。

敵のレーダーやIRSTがどの程度の探知性能を持つのか詳細はわからないが、近ければ近いだけ母機が探知される危険性が増す。

さらに、敵に対処の余裕を与えないようにというのは、逆に自分たちにとってもあてはまる。

邀撃のSAMが飛んできたら、自分たちもすぐさまそれに摑まって撃墜されかねない。

また、F－35には超音速巡航性能はないものの、亜音速でいっても八〇キロという距離は、ひとまたぎの近距離である。

ほんのわずかな判断ミスで、水平線の内側へ飛びだしかねず、そうなれば光学的手段でも捕捉されてしまう。

極端な話、肉眼でも見えるということになる。それだけリスキーな任務だった。

対処は昔ながらの方法になるが、できるだけ低く飛ぶ。

それだけだ。

電波は直線的にしか進めないので、低高度のものは捉えにくい。

究極的には、海面で変化を繰りかえす波と同化するのがベストだ。

さらに地球が丸いことから、高度が低ければ低いほど、水平線の向こうに隠れられる。

だから、堂島や村山をはじめ、二個飛行隊各機は、海面に貼りつくような低高度で、目標へ向けて飛行していた。

突風と化した合成風が押しよせ、ちぎれ飛ぶ海水の飛沫が容赦なくアルミ、チタン複合合金製の機体を叩く。

風防もその例外ではないのだが、水滴は滴として形を成さないうちに、突風にもっていかれて消える。

Ｆ－35はステルス機として、対レーダー・ステルスを優先に、エッジマネージメント技術などを採りいれて機体設計されているが、戦闘機の基本要求項目となる空力学的性能もないがしろにしているわけではない。

上下に分割されたひし形の機首は空気塊を突きやぶり、機首から機体側方に連続的で滑らかにつながるＣｈｉｎｅ構造は電波の反射を小さく抑えつつ、風塊を滑らせて抵抗を減じていく。

堂島はあらためて状況を確認した。


前面には幅二〇インチ、高さ九インチの大型カラーＭＦＤ（Ｍｕｌｔｉ・Ｆｕｎｃｔｉｏｎ Ｄｉｓｐｌａｙ　多機能表示装置）が配され、各種情報が示されている。

しかし、Ｆ－35にはヘッド・アップ・ディスプレイはなく、緊急的かつ必須となる当座の情報はＧｅｎⅢヘルメットのバイザーに投影されており、視線移動は最小限で済んだ。

パイロットの負担を少なく、操縦に集中できるようにとの配慮された設計である。

（ここで撃てば、どれだけ楽か）

すでにＪＳＭＩ（Ｊｏｉｎｔ Ｓｔｒｉｋｅ Ｍｉｓｓｉｌｅ Ｉｍｐｒｏｖｅｄ）の射程に到達したというサインが灯っていた。

しかし、繰りかえしになるが、撃てるということと命中させられるということは、根本的に違う。

今回は特に命中を必達目標としているから、多少の無理や危険を覚悟のうえで任務を進めている。

(敵のSAMが)来るなよと念じつつ進む。

亜音速とはいえ、風圧で海面はさざ波立ち、白い航跡が幾条にも東から西へ曳かれている。

「一五〇……一二〇……」

目標との距離を示すデジタル数字は刻一刻と小さくなっていく。

もう、いつSAMが襲ってきてもおかしくはないが、幸いにもその接近を告げるけたたましいアラートや、「ミサイル!」といった同僚の声が鼓膜を殴打することはなかった。

潜水艦隊の襲撃によって敵の防御網は乱れ、邀撃の数も減じていたのである。

それをさらに深刻な度合いとすべく、第二波の攻撃を始める。

「一〇〇……九〇……」

「ウェポンベイ、オープン」

胴体下部の扉を開き、攻撃の最終態勢に入る。

「ターゲット、ロック。オール・グリーン。ファイア!」

堂島らはいっせいにJSMIを放った。もう少しで「ターゲット、インサイト!」とでも言うような近距離だ。

「どうだ!」と言わんばかりに、皆が機体を傾ける。

安心して浮いてしまったら、そこを探知されて攻撃される。高度を低く保ったまま、慎重に離脱する必要があった。

(余裕あるじゃん)

機体を横倒しにして折りかえそうとしたところで、村山と目があった……ような気がした。

そして、一瞬だが、立てた親指が風防のなかに見えたように思えた。

一機、また一機と、第五〇一、五〇二飛行隊のF－35Bが反転、離脱していく。

鋸状に組みあわされた接合部や、切りおとされた主翼の先端が陽光を受けて閃くが、それも水平線の向こうには届かない。

第二波攻撃は成功した。

タスキは爆撃の本隊となるF－2戦闘機隊へと引きつがれたのだった。


半分ほどが消失した五星紅旗が象徴的だった。

駆逐艦『麗水』航海長王振麟《ワンジョーリン》少佐は、航海艦橋から周囲をぐるりと一望した。

海上の一部は僚艦からあがった煙で霞んでいる。

炎上する艦に、盛んに放水して消火を試みている様子もある。

『麗水』はマストの一部を損壊しただけだが、味方の損害は深刻だった。

双眼鏡を目にあてると、惨状があらわとなる。

艦首を爆砕され、うなだれるように停止している艦があれば、瀋陽級駆逐艦の一隻は艦の後ろ半分を炎に包まれつつ、洋上を這うように進んでいる。艦橋構造物の半分や煙突も主砲塔も抉りとられて、原形をとどめていない艦もある。

「手酷くやられましたね」

「ああ」

航海士姚明《ヤオミン》中尉の声に、王は無表情で答えた。

このような状況に追い込んだ敵への怒りや、自分たちへの不甲斐なさからくる嘆き。そうした感情はほとんどなかった。

王は冷淡なほどに現実を受けとめていた。

「鮮やかな攻撃だったな。この連携は見事というほかない」

　思わぬ言葉に渋面を返す姚に、王はかぶりを振った。

「なにも自分は敵を褒めたたえているわけではないぞ。開きなおっているわけでもない。敵のことだからと否定して終わらせたのでは、また同じ目に遭うだけだ。

　客観的に見て、成功した攻撃ならばなにが良かったのか、我々としてはなにが悪かったのか、不足していたのか、をよく考えておかんと、進歩がない。

　どう思った？」

「……敵は海空の連続攻撃をうまくやりました」

「正しいが、それでは五〇点だ」

　王は続けた。

「三カ月半前にも、この海域で日本との戦いがあったが、そのときと戦力は変わらないだろう。むしろ、戦争が進んだ今、日本の戦力は減少こそしても、増加してはいないはずだ。

　だが、あのとき、我が方の防空は完璧に機能した」

「いいか」と、王は強くうなずいた。

「悔しいが、今回、敵はその運用に優れていた。戦力を繰りだすタイミングと順番にな。その順番が逆だったり、タイミングがずれていたりしたら、ここまで我が方は傷つかなかっただろう」

　王の見立ては正しかった。

　敵の波状攻撃は見事だった。

　まず、潜水艦隊の奇襲で自分たちを足止めし、それも挟撃する格好で、戦力の減殺をはかった。

　次に、恐らくステルス機を使った空襲だったのだろう。傷ついた艦隊が、今度はＡＳＭの洗礼を受けた。

そして、防空網が大きく破綻したところに、第三波としてミツビシF－2の空襲が追いうちをかけた。

それが本当の意味での、主戦力だったに違いない。

ただ、第四世代機単独の空襲は、犠牲ばかりで通用しないことを敵は学んでいた。

そこで、敵は順を追って、こちらの防空能力を削ぎおとし、裸にしたところでとどめを刺しにきたのである。

艦隊の損害は深刻である。

南昌級超大型駆逐艦『無錫《ムシヤク》』、昆明級駆逐艦『斉斉哈爾《チチハル》』、『烏魯木斉《ウルムチ》』など、中国海軍の主戦力を成す艦を含む八隻がすでに没し、なおかつ消火や曳航を必要とする艦もまだある。

最終的に自沈を余儀なくされる艦を合わせれば、艦隊の過半となる一〇隻超の艦が失われることになりそうだ。

完敗だった。

「もう撤退する以外、ありませんね」

「そう決めつけてはいかん」

一見すれば姚の言うとおりだったが、軍人は勝手に個人で判断してはならぬのだと、王はきつめに答えた。

「こ、この状態で作戦を継続するのですか？」

正気の沙汰ではないと、姚は口を半開きにして、まばたきを繰りかえした。

姚は元々消極的な性格である。劣勢に陥ったときに、それを跳ねかえす精神力を身につけないと、今後の軍人としての人生が苦しくなる。戦場で生きのびることも難しくなるだろう。

指導的立場として、王は姚にひと皮もふた皮も剝かせたかった。

「作戦には戦略面の意味と価値もあるからな」

「は……」

「戦術的に厳しくとも、戦略的要求が強ければ、作戦継続もありうる。そう考えて、我々軍人は準備しておかねばならん。心構えも含めてだ」

王は命令には絶対忠実である、古き良き軍人である。困難な任務でも、それが命令とあらば実行する覚悟と勇気を持っている。

一方で、個人の感情で好戦的になったり、消極的でいたりすることもない。

だから、ここでも復讐心にかられて、無用な行動を起こそうとするつもりはなかったし、逆に逃げ腰で帰還の心配を始めたりもしていなかった。

損害の度合いからみれば、作戦続行は厳しいが、ここで艦隊が退けば、この一帯の航空優勢に加えて、海上優勢も失うことになる。

そうなれば、せっかく奪った与那国島を再び手放すことになる。

戦略的要求からすれば、それは許容しがたいことなのだが……。

「はい。こちら航海艦橋。王です……」

艦長からの指示だった。

「はっ。はっ。残念です。では、本艦は」

海上に浮かぶ煙塊が潮風で流される。濛々《もうもう》と水蒸気をあげていた艦が、断末魔の異音を残して没していく。

王は姚に向きなおった。

「作戦は中止となった。撤退する」

「そうですか」

安堵する姚だったが、王は最後まで気丈だった。

「損傷艦もできるだけ連れかえる必要がある。無傷に近い本艦は、艦隊の殿《しんがり》を務める。我々航海科もなお一層の奮起が望まれるので、そのつもりで」

　そう、ここはまだ元気な自分たちが盾になるくらいの覚悟が必要だ。

　作戦中止と、おそらく避けられないであろう与那国島の失陥は残念だが、自分は命じられたことを全力で遂行するだけだ。

　それが、王の責任というものだった。

二〇二八年六月二一日　与那国島

　夜の闇を衝いて、陸上自衛隊の水陸機動団が与那国島へ上陸した。

　海中スクーターで先行した斥候隊が安全を確認した後、輸送艦『おおすみ』『くにさき』の二隻からエアクッション艇が発進して、団員が島内へなだれ込む。

　ＤＤＧ（Ｇｕｉｄｅｄ Ｍｉｓｓｉｌｅ Ｄｅｓｔｒｏｙｅｒ ミサイル駆逐艦）『きりしま』『みょうこう』は、その様子を横目に警戒にあたっていた。

　昨晩からの海空戦に勝利したことによって、めぼしい脅威は一掃できている。

　爆撃機が頭上に現れたり、水上戦闘艦からＳＳＭ（Ｓｕｒｆａｃｅ ｔｏ Ｓｕｒｆａｃｅ Ｍｉｓｓｉｌｅ 艦対艦ミサイル）が飛んできたり、ということはないはずだ。

　また、大陸からの長距離ミサイルも、人工衛星の破壊やＡＥＷの殲滅によって、まともに撃てる状態ではなくなっているはずだった。

　残る脅威があるとすれば、島内に潜伏している地上部隊からの地対艦ミサイルくらいのものだろうが、それも今のところは沈黙したままだ。

敵は開戦劈頭に与那国島と尖閣諸島に上陸、占領したが、重装備を運び込む余裕まではなかったのかもしれない。

水際での抵抗もない。

明らかな戦力差をみて、正面からぶつかっても勝算はないと判断したのだろう。

明日から必要になるのは、限定的な破壊工作やゲリラ攻撃への対処となりそうだ。

与那国島奪還作戦は成功裏に終わりそうだと、『みょうこう』のCIC（Combat Information Center　戦闘情報管制センター）に流れる空気も、いくぶん和らいだような気がした。

艦長網内勇征一等海佐の表情にも、剃刀のような殺気は消えていた。

「せっかく本艦も万全な状態で出てきたのに、これではな」

『みょうこう』は三月初めにフィリピン海で、敵潜水艦によるものとみられる雷撃を受け、推進軸を損傷した。

修理はさほど難しいものではないと思われたものの、突貫工事でやったためか、異音や振動によって『みょうこう』は機関の全力運転に不安を抱えたままだった。

それを今回、解消して臨んできた。

水を得た魚のごとく、『みょうこう』は洋上を右に左に暴れまわるつもりだった。

だが、幸か不幸か、水上艦隊の出番がないまま上陸作戦にこぎつけることができた。喜ばしいことだが、どうも物足りない。

「少しくらい敵を残してもらっても構わなかった

がな」

「まったくです」

　軽口を叩く網内に、砲雷長松木雄佐夢《まつきゆさむ》二等海佐が同意して笑みを見せた。

「水上戦闘でも対空戦闘でも、本艦は万全でしたから」

「まあ、珍しく艦載機隊も効果的に働いたようだからな」

　網内の言葉には、対抗心を抱くDDH『いずも』艦長大門慎之介一等海佐への妬みが混ざっていた。

「でかいだけで、たいした働きもしていなかった艦がな。それも我々が防空の網をかけていたからできたことだろうに」

「艦長のおっしゃるとおりです。我々イージス艦がいなければ、艦隊行動もままなりませんから」

「そのとおりだ」

　網内は鼻を鳴らした。

『みょうこう』は万が一の事態に備えて、主砲を内陸に向けていた。

　敵の地上部隊に怪しい動きが見られたら、即座に艦砲射撃で黙らせるつもりだった。

　だが、敵はまったく予想だにしない方法で攻撃してきた。

「ミサイルです！」

　上ずった報告の声は、深刻の度を伝えていた。

「迎撃だ！」

　考えるまでもなく、網内が指示する。

　しかし、距離は極めて近かった。

　CIWS（Close In Weapon System　近接対空防御火器）が一発を叩きおとし、閃光が墨一色の視野を切りさくも、二発めと三発めが『みょうこう』に命中した。

数瞬の間を置いて、ＣＩＣが大きく傾き、大音響が艦内を席巻した。照明が明滅し、塵埃が天井から降りかかる。

「あ、ありえん」

そのとき、甲板上を映すモニターに、艦首らしき大きな金属塊がちぎれ飛ぶのが見えたような気がした。

警報が両耳を殴打する。否が応でも緊急事態と思わせる不気味な音だ。

「至近距離から、こんな浅深度で」

網内は敵の正体を悟った。

無人機の自爆攻撃や触雷ではない。

超音速のミサイルが、突如として現れた。

こんなことができるのは、付近に潜んでいただろう潜水艦をおいてほかにない。

対潜ヘリが複数飛び、『みょうこう』もソナーで警戒していたつもりだった。

海底に鎮座して無音を保っている潜水艦を発見するのは容易ではない。

それにしても、ひとたび痕跡を示せば、猛烈な攻撃を浴びることは必至で、隠れる場所も逃げ道も限られる。

敵はいちかばちかの攻撃を仕掛けてきたのだ。

「やられた」

網内は唇を噛んだ。

予測しがたい攻撃とはいえ、預かる艦を大きく傷つけてしまったことは隠しようがない。

汚辱にまみれた自尊心と、自分への怒りとで、網内の胸中は嵐のように荒れはじめていた。

東シナ海海戦とは、まったく逆の展開だった。

海空戦は完敗だったが、攻撃型原子力潜水艦

『長征16』はこんごう型イージス艦一隻を撃破して、一矢を報いたのである。

艦長朱一凡《チュイーファン》中佐は魚雷ではなく、USM（Underwater to Surface Missile 水中発射対艦ミサイル）を使った攻撃を敢行した。

とにかく、敵に対処する時間を与えないようにという、速度重視の選択だった。

近距離での攻撃と、島に近づいての浅深度での行動は、敵に発見されるだけでなく、座礁のリスクも高かったが、朱はまんまとそれをやり遂げた。『長征16』は外洋へと逃げのびて、大陸へ向かっている。

「日本人よ。貴様らに好き勝手はさせん。俺の前に来い。いくらでも沈めてやる」

朱は薄い唇を震わせて、言いはなった。

攻撃的な目つきをした小さな双眸は、焼けつくような光をたたえている。

強烈な反日反米主義者である朱は、まだまだ戦意旺盛だった。

たとえ敵中に孤立しようとも、朱は降伏するつもりなどまったくなかった。

弾薬、魚雷がある限り、それがなくなったとしても、体当たりしてでも、朱は最後の最後まで戦う覚悟を決めていた。

朱にとっては、ここは戦場を超えたあの世との境界線だった。

VICTORY NOVELS ヴィクトリー ノベルス

逆襲の自衛隊(2)

日本領土奪還！

2024年6月25日　初版発行

著　者　　遙　士伸
発行人　　杉原葉子
発行所　　株式会社 電波社
〒154-0002　東京都世田谷区下馬6-15-4
TEL. 03-3418-4620
FAX. 03-3421-7170
https://www.rc-tech.co.jp/
振替　　00130-8-76758

印刷・製本　中央精版印刷株式会社

ISBN978-4-86490-264-9 C0293